상자에서 꺼낸 일기

상자에서 꺼낸 일기

초판 1쇄 발행일 | 2023년 05월 12일

지은이 | 유지우
펴낸이 | 이원중

펴낸곳 | 지성사 **출판등록일** | 1993년 12월 9일 등록번호 제10-916호
주소 | (03458) 서울시 은평구 진흥로 68, 2층
전화 | (02) 335-5494 **팩스** | (02) 335-5496
홈페이지 | www.jisungsa.co.kr **이메일** | jisungsa@hanmail.net

ISBN 978-89-7889-531-6 (03810)

또 다른 일상 이야기

상자에서 꺼낸 일기

소년의 눈에 비친 1980년대

유지우 지음

지성사

망했다.
아무것도 한 것 없이 여름방학이 끝나버렸다.
그래도 괜찮아! 우리에게 뭔가 남은 게 있을 거야.
그게 우릴 성장시키지.

_영화 「남색 대문」 중에서

들어가는 글

그때 그런 일이 있었지!

이 글은 어린 시절 강릉에서 성장하면서 써 내려간 나의 약 12년간의 일기 중에 기억에 인상 깊게 남아 있던 내용과 당시의 이야기를 좀 더 상세하게 옮겨 적은 뒤, 지금 그러니까 대략 40년이 지난 후의 느낌을 더하여 쓴 것이다. 일기는 그대로 스캔해서 이 책에 옮겼다.

매일 일기를 쓴 것도 아니고, 일기에 아주 특별한 내용이 있는 것도 아니다. 아마 같은 시대를 살아온 사람들은 조금 더 공감할 부분이 있겠으나 요즘 청년들은 이해 못 할 부분도 있을 것이다.

앞에 소개한 영화의 대사처럼, 일기에 적지 않은 훨씬 더 많은 부분 그리고 기억에 남아 있지 않은 많은 순간들이 지금의 나를 만들었을 것이다. 어찌 되었든 이만큼의 기록으로나마 다시 그 시절의 일편을 돌아볼 수 있다는 것이 다행스럽게 느껴진다. 남아 있는 모든 것들 역시 똑같은 무게로 소중하다는 것을 새삼 확인하게 되니까.

이런 지극히 사적인 의미뿐이라면 책을 쓰는 것이 쓸데없는 짓이 될 테지만, 당시 소년의 눈으로 본 세상이 어쩌면 오늘의 어떤 사람들에게는 공감과 나름의 의미를 줄지 모른다는 생각이 들었다. 그것이 이 책을 굳이 세상에 내놓는 이유라면 이유일 것이다. 왜냐하면 나 역시 이전의 삶을 기록한 다른 두 권의 책으로부터 큰 공감을 얻었기 때문이다.

그 책 역시 '아마도' 당시에 비슷한 경험을 했던 사람들에게는 특별한 일이 아니었을지 모르지만, 나에게는 정말 큰 느낌으로 다가왔다. 다음이 그 두 권의 책이다.

- 『내 어머니 이야기』. 김은성. 애니북스
- 『병자일기_노부인, 일상을 기록하다』. 남평 조씨. 나의시간

『내 어머니 이야기』는 만화 형식으로 일제강점기 초기부터 현대까지를 살아오신 작가 어머니의 일대기를 서술한 책이다. 그림은 과감한 생략이 돋보이는 담백한 형식이지만 작가의 어머니가

일제 치하에서 어떻게 살아왔는지, 한국전쟁을 어떻게 견뎌냈는지를 사진보다 더 생생하게 묘사했다.

당시 일제의 영장을 받은 젊은이들을 위해 동네에서 잔치를 해 주는 장면이나, 다시 돌아오지 못할 거라며 엉엉 우는 장면(2권 2화 참조)을 그린 대목에서는 간담이 서늘해짐을 느꼈다. 같은 동네의 이웃들이 어떻게 전쟁을 통해서 원수가 되는지도 잘 표현했다. 예전에 영화나 드라마로 보았을 법한 '소설 같은' 일들이 바로 이 땅에서 실제로 일어났던 것이다. 이 책은 당시 평범한 사람들이 어떻게든 살아남으려고 하루하루 노심초사하며 지내는 모습을 사실적으로 그려냈다.

『병자일기_노부인, 일상을 기록하다』는 병자호란을 맞아 사대부 부인이 피란을 떠나는 내용을 담았는데, 원문이 한글로 기록되어 있어 마치 영화를 보듯이 생생한 느낌을 준다. 한자로 적었다면 같은 내용이라도 절대로 그렇게 눈앞에 보는 것처럼 또렷하게 묘사하기 어려웠을 것이다. 긴급한 장면은 거의 첫 쪽부터 나온다.

"…저물 때에 일봉이가 남한산성으로부터 나오면서 영감의 편지를 가져왔다. 그 편지에 기별하시기를 일이 급하게 되었으니 짐붙이는 생각지도 말고, 밤낮을 가리지 말고 청풍으로 가라고 하셨다…. 길마다 피란하는 사람들은 끝이 없고… 온 집안사람들이 발을 동동 구르며 애를 태웠다."

내가 자라던 시대에는 물론 다행히도 이만하게 급한 일들은 '거의' 없었다. 내 가족의 생사를 위협하는 전쟁도 없었고, 먹을 것이 모자라 굶어 죽는 일도 거의 없었다. 그러나 남북은 여전히 목숨을 걸고 대치하고 있었기에 가끔 충격적인 뉴스를 접해야 했으며, 점심을 거르는 아이들과 운동화를 신지 못하는 아이들도 여전히 있었다. 박정희 대통령의 서거, 12·12 군사 반란, 광주민주화운동 같은 미래를 바꾸는 사건들이 일어났으나 민주주의가 조금씩 보편적인 생각으로 다져지고 있었고, 동시에 조금씩 가난에서도 벗어나고 있었다. 생사가 걸린 일들은 아니었겠으나 어느 것 하나 지금의 시점으로 보아도 의미 없는 일들은 없었다.

'나중에 알고 보니' 나는 혜택을 받은 사람이었다. 그 혜택이 대단한 것은 아니었어도 소중한 것이었음을 이 책을 읽고 나면 공감할 것이다. 점차 선진국으로 진입하면서 일어날 수 있는 일을 나 역시 부지불식간에 겪고 있었기에 그런 일들이 이 책에 자연스럽게 드러날 수 있도록 노력하였다. 한편, 혜택을 받지 못한 사람들은 상처를 입었을 것이고, 공동체의 가치관에서 보았을 때 '여차하면' 생계가 위험한 처지로 내몰릴 사람들이 여전히 많았다. 이 책에서는 기억에 남아 있는 그런 부분도 단편적이나마 표현하였다.

나는 이 모든 경험이 동시대를 사는 사람들에게는 특별한 것이 아닐 수도 있으나 앞의 두 책을 보면 색다른 경험이 될 수 있다고 생각한다. 지금 자라는 우리 아이들은 내가 살던 시대를 전혀, 혹은 거의 이해하지 못할 것이니 지금 쓰는 이 책이 그런 면에서 의미가 있을 것이라고 감히 생각해 본다.

강조하고 싶은 것은, 아니면 오해가 없도록 덧붙이자면 그때가 좋았다거나 그때가 힘들었다거나 그런 것을 말하려고 이 책을 쓰는 게 아니라는 점이다. 그저 "그런 일이 있었다"고 쓰고 싶었다. 나보다 훨씬 유복하게 자란 사람도 있고 훨씬 힘든 시간을 지나온 사람도 있겠지만, 중요한 것은 우리는 동시대를 살고 있고 지금 이 모든 것이 갑자기 새롭게 생긴 게 아니라는 점이다.

우리의 내일은 기록으로 남은 것과 기록에 남지 않은 것까지 포함하는 어제의 모습으로부터 만들어질 것이다. 독자들께서 극히 일부분으로 남아 있는 기록인 이 책을 통해 이미 지나간 우리 모습을 (공간적으로, 시간적으로) 조금 떨어진 곳에서 들여다보는 시간을 갖고, 우리의 내일을 상상해 보길 기대한다. 일기에 남겨진 여백은 독자들 자신의 공간으로 채우는 것이 더욱 합당한 일일 것이다.

이 책에 실린 일기는 내가 당시에 실제 썼던 것으로, 일부는 상상해서 썼을지 몰라도 대부분 사실이다. 일기에서 가급적 인물의 이름은 지웠다. 그런 일은 없겠지만, 행여 그분들에게 피해가 갈까 싶어서이다. 따라서 본문에 나오는 사람들의 이름은 거의 모두 가명이다.

책의 중간중간에 삽입된 사진은 대부분 내가 직접 찍은 것들이다. 오래된 사진은 관리가 부족하여 상태가 좋지 않지만, 독자들께서 넓은 마음으로 이해해 주실 것으로 믿는다. 다른 곳에서 가져온 사진은 출처를 기록하였고(사용료도 지불하였다), 모두 인터넷에서 접근이 가능한 자료들이다. 특히 길창덕 선생님의 만화를 싣게 되어 내용이 더 풍성해질 수 있었다.

끝으로 언제나 격려로 나를 이끌어준 아내 윤경에게 감사를 전하며, 이 책을 읽는 모든 분이 조금 더 행복해지길 기원한다.

인천 송도에서

유지우

차 례

“ 내가 이 글을 쓰는 이유는 ‘나의 소년기를 기억하기 위해서’라기보다(그렇다면 굳이 책으로 나올 이유도 없으려니와) 지금과는 사뭇 달랐던 나의 어린 시절을, 나와 같은 시간을 살아가는 다른 세대의 사람들과 공유하는 것이 가치 있다고 생각했기 때문이다. 상상조차 할 수 없고 인류 역사상 유례없는 압축성장을 하던 나라에서 성장했지만, 나라가 점점 부유해지는 것과 별개로 가난한 사람들은 여전히 하루하루를 힘들게 살던 시절이었다. 아직 빈부 격차는 그리 심하지 않았으나 가치관은 급격한 충돌을 일으키고 상식은 쉽게 변하던 그때 그 시절, 소년의 성장은 어떠했을까? ”

강릉으로 이사 오다

나의 초등학교 시절은 강릉에서 시작한다. 우리 가족은 원래부터 강릉 사람은 아니며, 나는 지금도 강릉 사투리를 거의 쓰지 못한다. 그보다 전인 내 기억 속 가장 어린 시절은 철암에서 시작한다. 기와집으로 마당을 둘러싼 집 가운데에 수도가 있었고, 나는 주인집 아들 봉관이와 같은 또래였기 때문에 함께 놀곤 했다. 또 다른 셋방살이 가족이었던 기수와도 같이 놀았다. 초등학교에도 들어가기 전 일이다.

지명이 말 그대로 쇠와 바위를 뜻하는 철암은 지금은 오히려 단풍 관광지로 이름이 오르내리지만, 1980년대에는 석탄을 캐기 위해 모여든 노동자들이 주로 사는 도시였다. 일은 위험하고 힘들었어도 급여가 안정적이라 경제적인 면에서는 여유가 있는 곳이었고, 젊어 고생으로 목돈을 챙기려는 사람들을 위해 단칸방을 세놓는 곳이 많았던 것 같다. 아버지는 탄광 노동자가 아닌 중학교 선생님으로 철암에서 살게 되었는데, 역시 가진 것이 없다 보니 셋방을 사는 것은 다른 노동자와 마찬가지였다.

그 집에서 내게 남아 있는, 혹은 잊히지 않은 기억은 두 가지다. 하나는 주인집 아들(인지 동생인지)이 쥐약을 먹고 자살한다고 난리를 쳤던 사건이다. 지금 생각해 보면 쥐약이 그렇게 흔할 수가 있었나 싶다. 그 사건 말고도 그 후에 쥐약 자살 이야기는 여러 번 들었던 기억이 난다. 집주인 식구가 쥐약을 삼키고 입에 거품을 물었던 장면이 어렴풋하게 떠오른다. 나중에 다큐멘터리를 보니, 쥐를 잡기 위해 국가에서 쥐약을 나누어 주기도 해서 쥐약을 구하는 것이 그렇게 어려운 일은 아니었던 것 같다. 식량이 모자라던 시절, 쌀 한 톨이라도 축내는 쥐를 잡기 위해 쥐잡기가 국가적인 대사였던 까닭이다.

또 흔했던 게 장난감 화약총이었다. 아이들이 가지고 노는 화약총이 그렇게도 흔했다니. 두 겹으로 겹친 종이 안에 화약을 넣고 두루마리로 만들어 팔았는데, 그 두루마리를 화약총에 밀어 넣으면 마치 리볼버 총처럼 두루마리 화약이 돌아가면서 공이에 맞았고 땅땅 귀가 멍할 정도의 큰 소리가 났다. 아직 여섯 살도 안 되었던 나이에 어떻게 그런 것을 가지고 놀았을까? 지금 생각하면 이해가 잘 안 되지만, 특별히 말리던 어른도 없었다.

다른 하나는 특별히 더 기억이 생생한데, 그 두루마리 화약을 내가 엄지와 검지로 비비다가 두 손가락 사이에서 터져서 손가락이 까맣게 탔기 때문이다. 엉엉 울면서 수돗가로 가 흐르는 물에 손을 담갔던 기억이 있다. 그 후로도 상당히 오랫동안 화약 장난감이 남아 있었는데, 요즘은 보기가 쉽지 않다.

철암은 태백산맥 안에 들어서 있는 작은 도시로 당연히 엄청나게 추운 곳이었다. 어느 날, 우리 가족은 셋방을 떠나 아버지가 근무하던 철암중학교의 사택으로 이사했다. 사택은 슬라브 집이었는데, 기와집을 떠나 좀 더 세련되어 보이는 슬라브 집으로 간다는 사실에 약간 들떠 있었던 것 같다. 그렇지만 그 슬라브 집은 그냥 벽돌과 시멘트로 지은, 단열이 전혀 되지 않는 집이었다. 추위는 정말 상상을 초월했다. 겨울 내내 벽에 낀 하얀 서리가 겨울이 끝날 무렵에는 1~2센티미터가 될 정도여서 몹시 고생했던 기억이 난다.

어머니는 이 집에서 마흔 살을 맞으셨다. 특별하게 그날과 그

나이를 생각해 낸 것은 어머니가 그날 방 청소를 하다가 나에게 "지우야, 엄마가 벌써 40이구나" 하면서 한숨을 쉬셨던 것을 기억하기 때문이다. 한숨을 쉬는 일이 특별한 것은 아니었지만, 유난히 내 기억에 남은 이유는 그 감정을 어린 나이(초등학교에 들어가기도 훨씬 전이었다)에도 충분히 공감했었기 때문이리라. 40이라니 얼마나 젊은 나이인가? 그런데도 어머니는 그 나이가 늙어간다는 상징의 나이로서 못내 섭섭하셨던 것 같다.

아버지는 종종 동료 선생님들이 네 아버지 같은 사람 없다고 하실 정도로 보기 드물게 가정적이고, 가족밖에 모르시던 분이었다. 아버지는 숙직을 하실 때면 이따금 나를 데리고 가서 학교 숙직실에서 같이 잠을 자곤 했다. 그때마다 호빵을 사주시거나, 학교에서 기르던 익모초라는 약초를 뜯어서 다린 물을 주셨다. 맛이 아주 써서 먹기가 힘들었지만, 몸에 좋다고 하여 억지로 먹곤 했다. 나는 피부 알러지가 있었고, 병치레가 형보다 많아서 내가 허약 체질이라고 생각하셨던 것 같다. 그러니 익모초 다린 물은 일종의 보약이었다.

불현듯 내 기억이 강릉으로 넘어온다. 철암중학교에서 근무할 때 교장 선생님이었던 분이 강릉으로 오시면서 아버지도 같이 옮

기셨다. 강릉은 강원도뿐만 아니라 전국적으로도 가장 교육열이 높은 곳이어서 선생님들이 이른바 '교육 도시' 강릉으로 전근 오는 것이 그리 쉬운 일은 아니었다고 한다. 아버지는 그 뒤로 교장 선생님을 평생의 은사로 생각하셨다. 그 교장 선생님은 내가 고등학교 다닐 때의 교장 선생님이기도 했고, 내가 결혼할 때 주례까지 서주셨다.

강릉에서 우리 가족이 처음 정착한 곳은 성덕동이라는 곳이었다. 조금 걸으면 성덕초등학교가 나오는 동네였다. 아직 대부분 기와집이고 군데군데 슬라브 집이 있던, 조금 못사는 사람들과 조금 잘사는 사람들이 복작거리는 곳이었다. 우리는 한 슬라브 집의 방 두 개에 세를 들었다. 그 좁은 골목으로 내 또래 아이들이 몇 있었다. 바로 옆집에는 지금도 내 가장 친한 친구인 남득이네 집이 있었고, 골목 몇 집 건너 맞은편에 남준이네 집이 있었다. 두 친구는 모두 아버지가 시청 공무원이었다. 격차가 크지는 않았으나 남득이네가 조금 더 경제적으로 여유로운 듯했다.

내 기억에 아버지는 여러 차례 새를 기르셨는데, 당시에도 마당에서 앵무새를 기르고 있었다. 하루는 남득이가 새를 구경하러 왔다가 나랑 친해졌고, 남득이와 남준이는 이미 친구 사이였기에 모두 친해졌다. 그러니까 우리는 새가 맺어준 인연인 셈이었다. 그런데 이 부분에서 내 기억과 남득이의 기억이 좀 다르다. 남득이는 이전에도 우리 집에 왔지만, 나를 만날 수 없었다고 한다. 우리는 그 좁은 골목에서 세발자전거를 타고 놀았으며, 여름에는 물총 싸움을 하면서 놀았다. 골목길에 콘크리트 포장이 되어 있었는지는 잘 기억나지 않는다. 하지만 우리는 세발자전거를 타고 꽤 멀리까지 놀러 나가곤 했다. 물론 당시 나이 기준으로 그랬다는 것이고, 아마 동네를 벗어나지는 못했던 것 같다. 초등학교에 들어갈 때 남득이와 남준이는 다행히 나와 같은 학년이었고, 우리의 우정은 그렇게 오래갈 것이었다.

강릉으로 이사 온 즈음 인상 깊게 남은 기억은 어머니를 따라 시장에 갔다가, 아마 장난감을 사달라고 시장 바닥에서 생떼를 부렸던 일일 것이다. 어머니는 사주지 않겠다고 하시면서, 지금도 그렇게 하지만 두고 가겠다고 휙 사라져 버렸다. 어머니가 그렇게 잠깐 한눈판 사이 나는 그 길로 집으로 돌아왔는데, 그 어린 나이에 어떻게 집을 잘 찾아서 돌아왔던 것 같다. 어머니는 처음엔 아이를 잃어버렸나 하고 깜짝 놀랐지만, 집으로 돌아와 있던 나를 보고 내가 좀 똑똑하다고 생각하셨다고 한다(사실 나는 엄청난 길치다). 내가 어머니를 고생시켰던 그 시장이 강릉 중앙시장이다. 바로 옆으로 고가 철도를 따라 기차가 지나가던 그 시장은 지금도 강릉에서는 대표적인 전통시장으로 꼽힌다. 이제는 새로운 기찻길이 지하에 만들어져서 예전의 기찻길은 좋은 산책로가 되어 있다. 얼마 전에 가보니, 중앙시장의 유명한 맛집 앞에 관광객들이 붐비고 있었다.

집에서 성덕초등학교까지는 걸어서 한 15분 거리였는데, 가방을 메고 별 어려움 없이 걸어 다녔다. 학교 가는 길 왼쪽으로는 과

성덕초등학교로 가는 길이다. 1990년대 중반에 찍은 사진으로,
내가 다닐 때보다 조금 더 현대식 건물이 들어섰지만, 크게 바뀌진 않았다.
왼쪽 승용차 바로 위로 강릉중학교 입구를 나타내는 표지가 보인다.
대성슈퍼가 있는 이 건물은 아직 거의 그대로 남아 있다.

급할 때 문구를 사곤 했던 한옥 구멍가게다. 이렇게 한옥과 양옥이
길가에 있었다. 당시에는 차가 많지 않아서 걸어 다닐 만했다.
어른이 되어서 보는 골목은 확실히 어릴 때 보았던 것보다는 작아 보인다.
지금 이 한옥집은 없어졌다.

수원이 쭉 이어져 있었고, 콘크리트 벽과 철조망이 연이어 있었다. 아직 지나다니는 자동차는 거의 없었으며, 길가에는 70년대 느낌의 인상을 주는 가게들이 늘어서 있었다. 문방구, 떡볶이집이 있었고, 만화방도 당연히 있었다. 이런저런 가게들 사이에는 뱀탕을 파는 가게도 있어서, 뱀이 똬리를 틀고 아마도 술이 들었을 유리병 안에 담겨 있는 모습도 볼 수 있었다.

사진에 보이는 모습이 초등학교로 가는 그 길의 풍경이다. 일부 건물이 현대식으로 바뀌었을 뿐 크게 변하지 않았다고 할 수 있다. 이렇게 이차선도 되기 어려운 좁은 길로 초등학교, 중학교, 고등학교 학생들이 아침저녁으로 등하교를 하였으니 볼 만했을 것이다.

1학년 입학식 때 어머니 손을 잡고 학교에 갔는데, 내 가슴 왼쪽에는 하얀색 손수건이 달려 있었다. 물론 콧물을 닦기 위한 손수건이었다. 기억은 전혀 안 나지만, 이렇게 묘사할 수 있는 것은 그때 찍은 입학 기념 흑백사진이 남아 있기 때문이다. 특이한 것인지, 그때는 다 그랬는지 사진에는 1학년 아동뿐만 아니라 짐짓 포즈를 취한 어머니들의 모습도 남아 있다.

성덕초등학교는 굳이 말하자면 강릉에서도 좀 살기가 어려운 동네에 있어서 평균적으로 아이들이 가난했던 것 같다. 나는 지금도 내가 배를 곯지 않고 학교에 다닐 수 있었다는 사실에 감사한다. 교육 도시였던 강릉에는 부모가 공무원이거나 혹은 선생님인 아이들이 많았고, 그런 집안의 아이들은 최소한 배를 곯지는 않았다.

그러나 내 기억에는 점심때면 물로 배를 채우던 아이들이 제법 있었다. 또 반에는 고아원 출신 아이들이 한두 명씩 있었는데, 교실에서 가끔 도난 사건이 발생하면 이 아이들이 의심을 받곤 했다. 2학년 때에는 급식으로 빵과 우유를 받았던 기억이 있다. 빵은 소보로빵 같은 것이었는데, 꽤 귀한 대접을 받았다. 나는 배를 곯지는 않았지만, 그 빵과 우유는 특별하게 맛있는 기억으로 남아 있다.

강릉 그 바닷가의 추억: 경포의 사계절

강릉으로 옮겼을 때 우리 가족에게 가장 새로운 것은 역시 바다였다. 강릉은 예나 지금이나 대표적인 여름 휴양지 중 하나다. 바다와 함께 있기에 바다를 빼고 강릉을 이야기할 수 없다. 바다뿐만 아니라 경포호를 비롯해 다섯 개의 달을 볼 수 있다는 경포대, 그리고 조금만 더 가면 강릉 사람들이 자랑해 마지않는 율곡과 신사임당의 이야기가 있는 오죽헌까지 이보다 더 좋은 관광지가 있겠나 싶을 정도로 괜찮은 명소다.

초등학교 저학년이었을 때 경포까지 열차가 다녀서 바닷가로 기찻길이 놓여 있던 것을 기억한다. 그러나 낭만적인 상상을 더

해 주던 기찻길은 어느새인가 없어졌고, 그 대신 버스를 타고 경포 입구까지 들어오면 걸어서 여기저기를 다닐 수 있었다. 따라서 많은 사람이 같은 장소에 몰리기 쉬웠는데, 여름에는 특히 해수욕장이 사람들로 붐볐고 '자가용 시대'가 열린 이후의 성수기에는 몰려든 차량으로 북새통을 이루었다.

성수기가 아니면 경포대와 경포로 이어지는 부근이 산책하기 좋은 작은 길들로 이어져 있어, 바다와 작은 호수를 충분히 즐길 수 있다. 초등학교 때에는 경포의 중심에 사진에서 보이는 강릉지

경포호와 경포 사이에 있던 강릉지구 전적비. 겨울이라 눈에 덮인 모습이다. 누군가가 눈 위에 자기 이름을 남겼는데, 곧 녹아 없어질 것이라 걱정 없이 낙서했을 것이다.

구 전적비가 있었다. 한국전쟁 당시 우리 공군의 전적을 기념하고 작전 중 전사한 11명의 젊은 전투조종사의 넋을 기리기 위해 세운 것이라는데, 강릉 시내에서 버스를 타면 이 전적비를 한 바퀴 돌아 버스에서 내렸기 때문에 경포의 아이콘처럼 여겨졌다. 유명 관광지 한가운데에 있던 이 전적비는 2008년에 강릉통일공원으로 옮겨졌다고 한다.

이름난 관광지에서 살게 된 우리는 해마다 선의의 피해를 보았다. 아직 '자가용 시대'는 아니었으나 버스나 열차로 피서를 오는 사람들이 많았고, 우리 집도 친척들이 최소한 한 번씩은 방문하곤 했다. 사람이 몰리고, 또 이때를 대목으로 여기는 상인들로 인해 바가지는 피할 수 없었다. 음식도 바가지였지만, 숙박비가 워낙 비싸져서 놀러 온 친척들은 무조건 우리 집에서 잠을 자고 가셨다. 다행히 어머니는 집에 손님이 많은 건 좋은 일이라며 언제나 환영해 주셨고, 식사도 성의껏 대접하셨다. 덕분에 우리 가족도 잘 먹었던 기억이 난다. 어머니는 말씀은 그렇게 해도 분명 힘드셨을 것이다. 아이가 넷이나 있는데 또 여름마다 손님이라니… 지금의 시점에서 보면 정말 말도 안 되는 상황이었다. 당시에 우리 어머니들은 많은 것을 참고 견디셨다.

잠은 우리 집에서 자더라도 바닷물에 발이라도 한 번 담그려면 어쨌든 해변 백사장에 자리를 잡아야 했고, 햇볕도 너무 세서 가림막이 있어야 했다. 이런 점을 이용하여 상인들은 파라솔이나 텐트를 빌려주는 명목으로 상당한 돈을 요구했다. 그나마도 자리가 없어서 기다려야 할 때도 있었다. 하루 종일 혹은 네 시간별로 금액이 달랐던 적도 있었던 것 같다. 심지어 파라솔을 집에서 가져가더라도 자릿값을 받았다. 해마다 뉴스에서는 바가지를 단속한다며 신고를 장려했지만, 일 년에 한 번 가는 마당에 그런 번거로움을 감수할 이유가 없었을 것이다.

아래 사진은 그런 가림막을 설치해 놓은 경포해변을 우연히 찍은 것이다(아버지가 필름과 사진값이 비싸니까 이런 쓸데없는 사진은 찍지 말

경포 바다는 늘 사람들로 붐볐는데, 그렇다고 수영하기 좋은 곳은 아니었다. 물이 차고 수심이 깊었기 때문이다. 가림막 앞으로 보이는 파도가 상당하다. 멀리 오른편으로 지금은 없어진 경포호텔이 보인다.

라고 하셨지만). 정말 비닐 한 장으로 만든 가림막이었지만 돈을 내야 사용할 수 있었다. 어린 나에게는 그런 것이 어른들의 일이었으니, 열심히 잘 놀기만 하면 되었다. 그런데 경포는 파도가 상당히 세고 수심도 깊어 실제 수영을 하는 사람은 거의 없었고, 나 역시 수영을 배우지 못했기에 그저 물놀이를 하는 것이 전부였다. 너무 심하게 햇볕을 받아서 등의 피부가 다 벗겨지기 일쑤였지만, 그때의 건강했던 추억은 두고두고 인생의 비타민이 되고 있다.

나에게 경포는 단지 여름에만 좋은 장소가 아니었다. 계절을 환기해 주는 역할을 하는 곳이기도 했다. 초등학교 시절부터 경포 바다는 약간의 해방구 같아서 학교에서 받은 스트레스를 풀려고

경포 바다에는 보트를 즐기는 사람들도 많았다.
한겨울에는 사진에서 보는 것처럼 보트들이 해변으로
올라와 있었다. 보트는 겨울을 나기 위해 잘 포장된 상태였다.

자주 바닷가에 가서 앉아 있곤 했다. 그런데 나만 그런 것은 아니었던 듯하다. 멀리 서울이나 내륙에서 버스나 기차로 계절을 불문하고 사람들이 찾아왔다. 데이트하는 사람들도 적어도 한 번은 방문하는 곳이었고, 보트를 타고 바다를 즐기는 사람들도 많았다. 가을은 가을대로, 겨울은 겨울대로 또 운치가 있어서 바닷가에는 카페들이 제법 많았는데, 그런 역사가 지금의 커피 거리로 이어져 오고 있다.

경포 바닷가를 조금 벗어나면 경포대와 경포호가 같이 있었다.

경포호를 따라 강태공들이 낚시를 즐기곤 했다.
사진의 왼쪽이 경포 바다 방향이다.

봄에는 벚꽃, 가을에는 낙엽으로 사시사철 호수 풍경이 아름다웠고, 걷기에도 좋아 당연히 데이트 코스와 산책 코스가 되기도 했다. 당시에는 경포호에서 낚시를 허용했던 것 같은데, 강태공들이 낚시하는 모습도 볼 수 있었다. 지금은 상상할 수 없는 일이다.

경포호는 겨울에도 시민들에게 좋은 역할을 했다. 바로 스케이트장으로 사용된 것이었다. 강릉 시내에는 남대천이라는 작은 강이 있어서 여기에서도 스케이트를 탈 수 있었지만, 물이 계속 흘러서 얼음이 비교적 얇았기 때문에 익사 사고가 종종 났다. 경포호는

눈에 덮인 경포호 언저리. 지금은 건물들이 더 많이 들어서서
겨울의 이런 고즈넉함은 덜할 것이다.

경포호에서 스케이팅을 즐기는 모습(출처: 옛날티브이, MBC강원영동). 사진에서 보이는 것보다 많은 사람이 스케이트를 타곤 했다. 스케이트 날을 갈아주는 아저씨, 어묵과 붕어빵을 파는 노점들도 있었다.

상대적으로 물이 흐르지 않아 안전했고, 빙질도 좋았다.

당연히 시내에서 버스를 타고 나와야 하는 불편함은 있었지만, 꽤 많은 사람이 스케이트를 타려고 경포호를 찾았던 것 같다. 비단 아이들만 오는 것은 아니었고 어른, 아이 모두 겨울 취미를 즐기곤 했다.

아주 어렸을 때는 아버지가 나무 상자를 잘라 그 위에 철사를 덧댄 얼음 썰매를 만들어 주셔서 얼음이 언 논 위에서 썰매를 지치곤 했다. 초등학교에 들어갈 즈음에는 '체육사' 같은 곳에서 스케이트를 팔았다. 초등학교 고학년이 되면서 더 많은 친구와 함께 경포호로 스케이트를 타러 가곤 했다.

1980년 거의 마지막 날에 스케이트를 타러 간 일기를 찾을 수

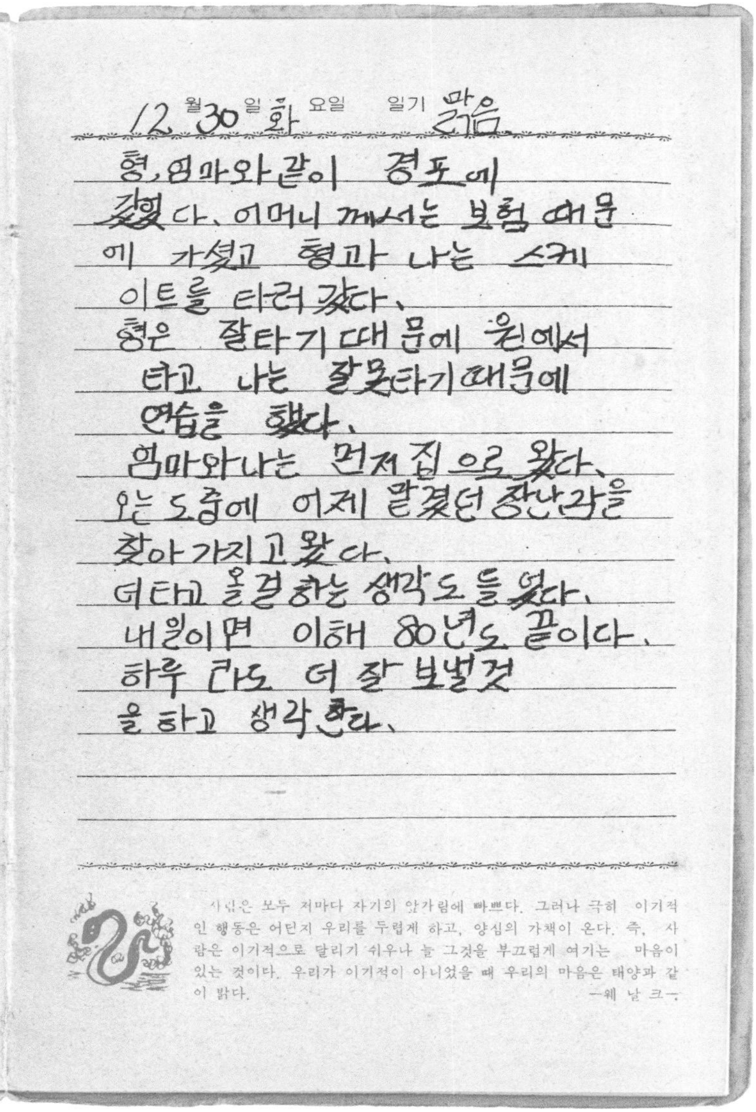
12 월 30 일 화 요일 일기 맑음

형, 엄마와 같이 경포에
갔었다. 어머니 께서는 보험 때문
에 가셨고 형과 나는 스케
이트를 타러 갔다.
형은 잘타기 때문에 원에서
타고 나는 잘못타기 때문에
연습을 했다.
엄마와 나는 먼저 집으로 왔다.
오는 도중에 어제 맡겼던 장난감을
찾아 가지고 왔다.
더 타고 올걸 하는 생각도 들었다.
내일이면 이해 80년도 끝이다.
하루 라도 더 잘 보낼것
을 하고 생각 한다.

사람은 모두 저마다 자기의 앞가림에 바쁘다. 그러나 극히 이기적인 행동은 어딘지 우리를 두렵게 하고, 양심의 가책이 온다. 즉, 사람은 이기적으로 달리기 쉬우나 늘 그것을 부끄럽게 여기는 마음이 있는 것이다. 우리가 이기적이 아니었을 때 우리의 마음은 태양과 같이 밝다.

—웨 날 크—

1980년 12월 30일 일기. 스케이트를 탄 이날은 굉장히 추웠을 것이다.

있었다. 어머니랑 같이 간 기억은 없지만, 형이랑 갔던 기억은 난다. 같은 형제인데도 운동신경이 남들보다 훨씬 좋았던 형은 스케이트도 아주 잘 타서 겨울에는 늘 스케이팅을 즐겼다. 나도 곧잘 따라다니곤 했는데, 운동에 자질이 없어서 잘 넘어지곤 했다. 그래도 시원하게 얼음 위를 달리는 기분은 좋았고, 땀 흘리고 어묵을 사 먹는 재미도 쏠쏠했다. 추위에 덜덜 떨면서도 스케이트를 즐기던 기억은 지금도 피부 깊숙이 남아 있는 듯하다.

경포호에서 스케이트를 타는 일은 어느 순간부터 불가능해졌다. 더는 얼음이 얼지 않았기 때문이다. 어떤 사람은 지구온난화 탓이라고도 하고, 또 어떤 사람은 경포호 공사를 하면서 수온이 높아진 탓이라고도 했다. 이유가 어찌 되었든 추위를 견디며 경포호에서 아이들이 얼음을 지치는 모습은 이제 보기 어려울 것 같다. 얼음이 얼고, 그 위에 눈이 쌓인 경포호를 가끔이라도 다시 볼 수 있기를 기대해 본다. 스케이트를 타는 사람들까지는 아니더라도 말이다.

강릉 그 바닷가의 추억: 엄마 같았던 바다

경포 바다는 학업 스트레스로 힘들었던 우리를 달래주던, 마음이 한없이 넓은 어머니 같은 존재였다. 물론 나만 그런 것이 아니었다. 그래서 마음 맞는 녀석들과 함께 바닷가로 가는 것이 그나마 우리가 할 수 있는 자그마한 일탈이었다. 부모님도 내가 어느 날 갑자기 경포에 간다고 하면, 아마 그런 것을 짐작하셨는지 특별히 막지 않으셨다.

한번은 1980년(초등학교 6학년) 현충일에 태경이와 현찬이랑 바닷가에 놀러 갔는데, 그때의 상황이 일기에 고스란히 남아 있다. 경포에 간 기억은 있지만, 일기에 적힌 큰아버지에 대한 기억은 남아 있지 않다. 큰아버지에 대해서는 뒤에서도 이야기할 기회가 있다.

어쨌든 경포해변에서 특별할 것 없이 모래놀이를 하며 놀고 있었는데, 어떤 예쁜 누나가 너희들 재미있게 논다며 사진을 찍어주었다. 서울말을 쓰던 그 누나(서울말을 쓴다는 것이 당시에는 중요했다)는 나중에 사진을 보내주기까지 했는데, 그 사진이 다행히 잘 남아 있다. 그 누나도 마음의 상처를 두말없이 보듬어 주는 어머니 같은 바다를 찾았으리라는 생각이 든 것은 그 누나 즈음의 나이가 들어서였다.

경포해변에서 놀고 있던 우리를 찍어준 누나는 친절하게도 사진을 보내주었고, 이렇게 귀한 추억으로 남게 되었다. 1980년 6월 6일.

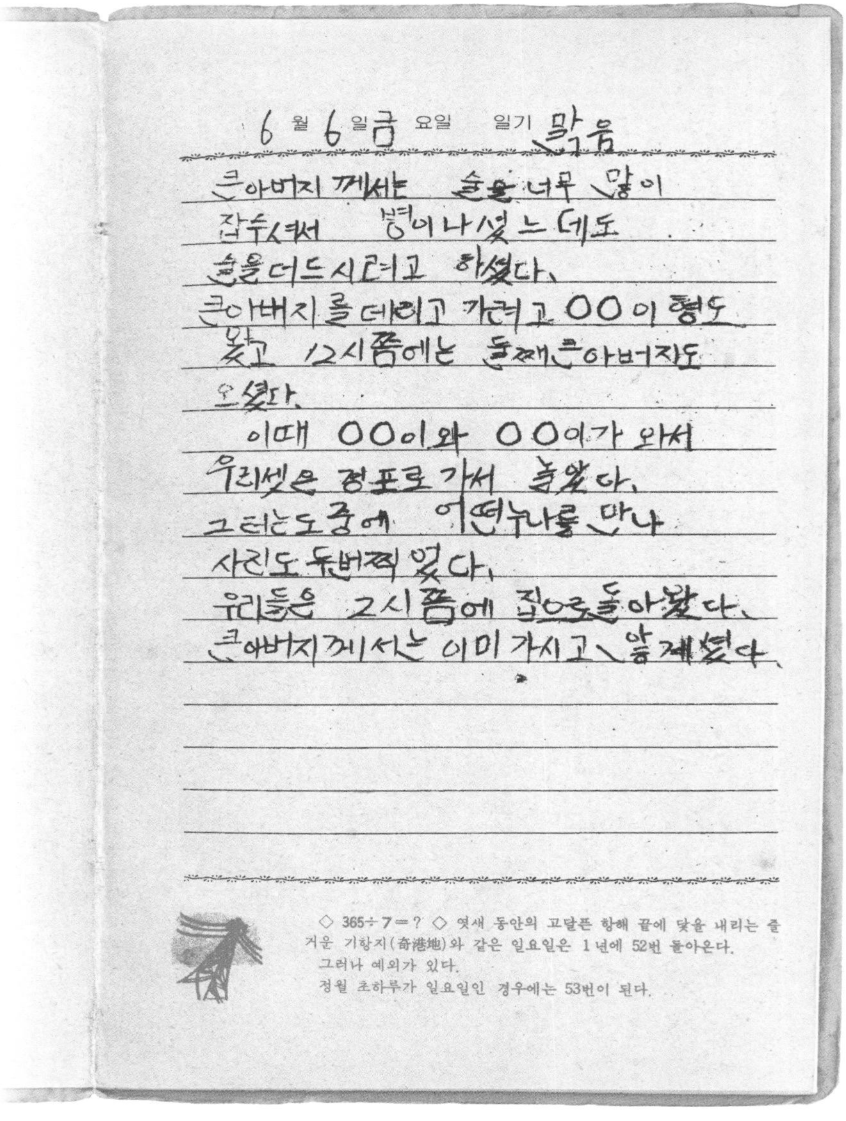
6 월 6 일 금 요일 일기 맑음

큰아버지께서는 술을 너무 많이
잡수셔서 병이나셨는데도
술을 더드시려고 하셨다.
큰아버지를 데리고 가려고 OO이 형도
왔고 12시쯤에는 둘째큰아버지도
오셨다.
이때 OO이와 OO이가 와서
우리셋은 정포로 가서 놀았다.
그러는도중에 어떤누나를 만나
사진도 두번찍었다.
우리들은 2시쯤에 집으로돌아왔다.
큰아버지께서는 이미 가시고 않계셨다.

◇ 365÷7=? ◇ 엿새 동안의 고달픈 항해 끝에 닻을 내리는 즐거운 기항지(寄港地)와 같은 일요일은 1년에 52번 돌아온다.
그러나 예외가 있다.
정월 초하루가 일요일인 경우에는 53번이 된다.

1980년 6월 6일 일기

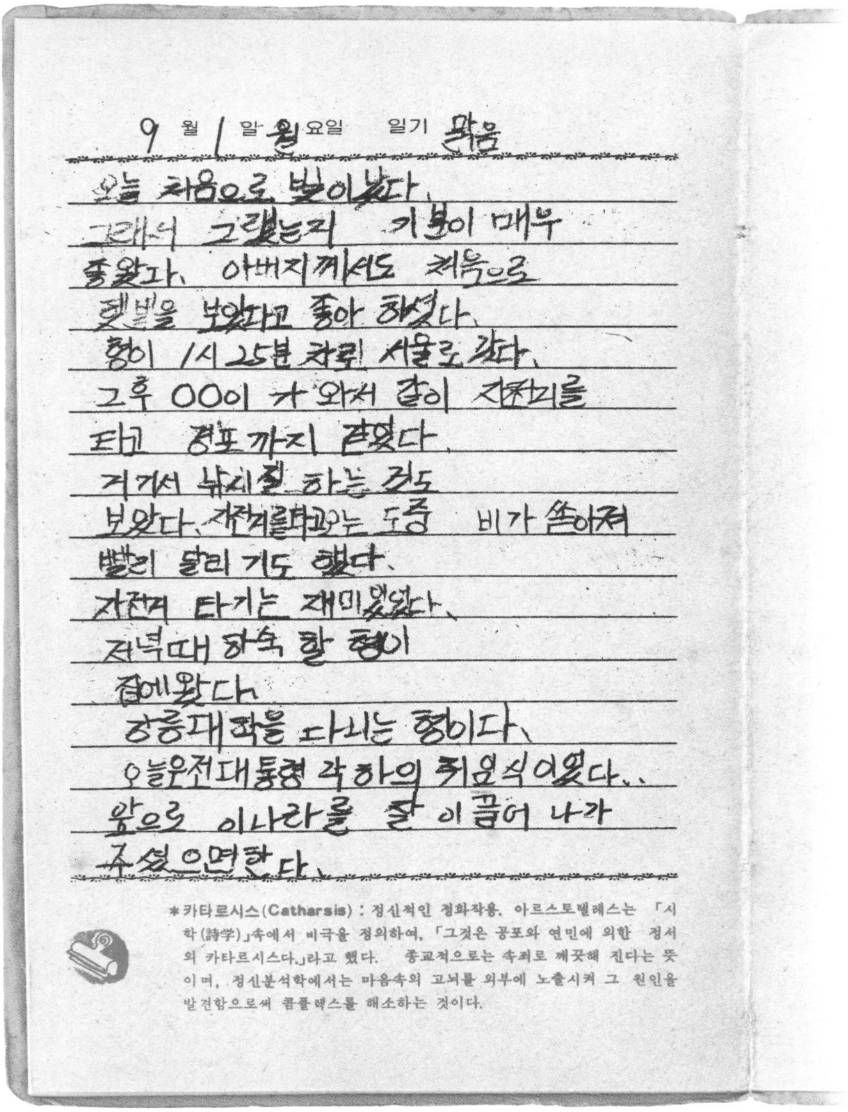

9 월 1 일 월 요일 일기 맑음

오늘 처음으로 볕이 났다.
그래서 그랬는지 기분이 매우
좋았다. 아버지께서도 처음으로
햇볕을 보았다고 좋아 하셨다.
형이 1시 25분 차로 서울로 갔다.
그후 OO이 가 와서 같이 자전거를
타고 경포까지 갔었다.
거기서 낚시질 하는 것도
보았다. 자전거를타고오는 도중 비가 쏟아져
빨리 달리기도 했다.
자전거 타기는 재미있었다.
저녁때 하숙 할 형이
집에왔다.
강릉대학을 다니는 형이다.
오늘은전대통령 각하의 취임식이었다..
앞으로 이나라를 잘 이끌어 나가
주셨으면한다.

＊카타르시스(Catharsis) : 정신적인 정화작용. 아르스토텔레스는 「시학(詩学)」속에서 비극을 정의하여, 「그것은 공포와 연민에 의한 정서의 카타르시스다.」라고 했다. 종교적으로는 속죄로 깨끗해 진다는 뜻이며, 정신분석학에서는 마음속의 고뇌를 외부에 노출시켜 그 원인을 발견함으로써 콤플렉스를 해소하는 것이다.

1980년 9월 1일 일기

지금은 차가 너무 많아서 차도에서 자전거를 타는 것이 위험하지만, 1980년대 초 강릉은 차가 그렇게 많지 않았고, 엄밀히 말하면 차도를 이용할 수밖에 없어 차도에서 자전거를 타는 것이 흔한 일이었다. 꼬맹이들도 자전거를 타고 경포에 가는 것이 그리 어려운 일이 아니었으니 말이다.

어느 날 날씨가 좋아져서 친구와 함께 자전거를 타고 경포로 간 꼬맹이는 돌아오는 길에 비를 만나기도 했지만, 아랑곳없이 열심히 페달을 밟았고 그것이 재미있는 일로 일기에 남았다. 그리고 그날이 전두환 대통령의 취임식이었던 것도 일기에 참 잘도 적어두었다.

초등학교 때와는 다르게 고등학교 때의 일기는 공부로 답답했던 마음을 달래려고 바다를 찾은 장면을 보여준다. 공부에 지쳐있던 남득이와 남준이와 나는 자전거를 타고 그 한여름에 경포로 향했다. 1985년 8월 25일 일기에는 "경포로 질주했다"라고 쓰여있다.

정말로 자전거로 달리다 보면 스트레스가 좀 날아갔고, 답답한 마음을 달랠 수 있었다. 당시 차가 많지 않았던 때라서 제법 한가로운 길을 마음껏 달릴 수 있었다.

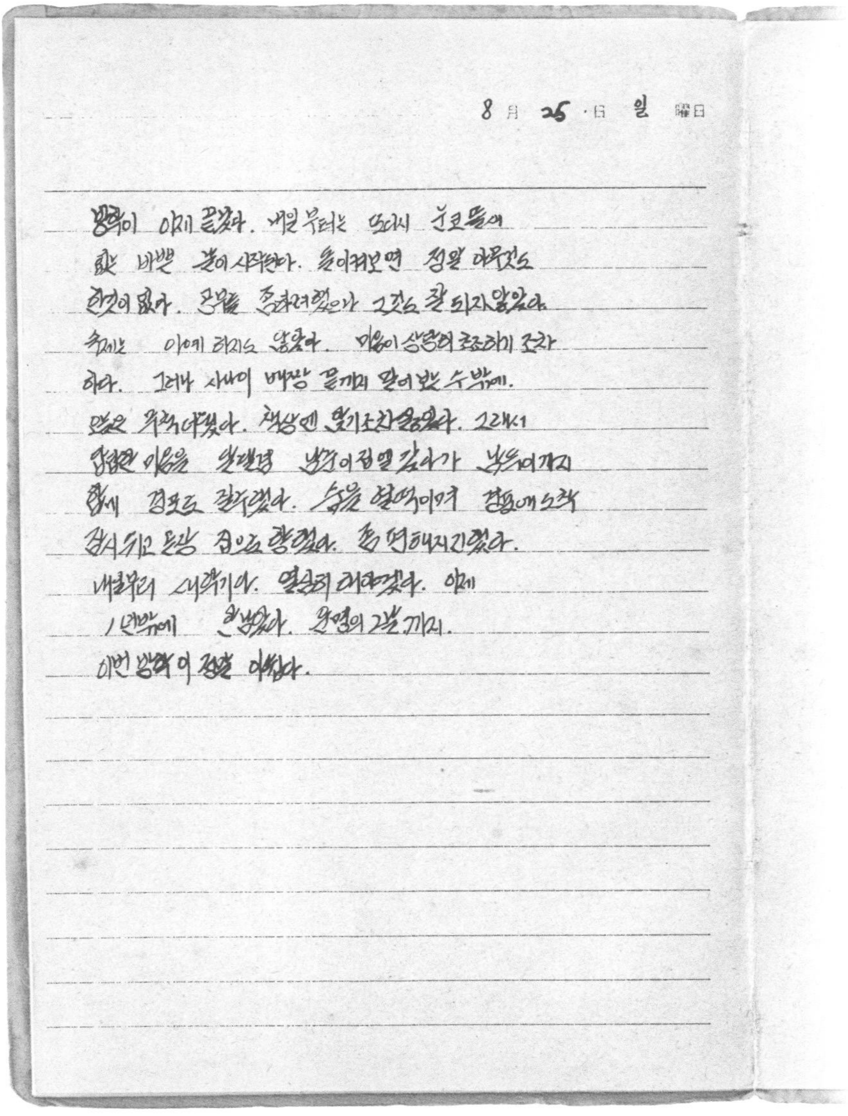

8月 25日 일 曜日

방학이 이제 끝났다. 내일부터는 또다시 [illegible]
[illegible] 바쁜 날이 시작된다. 돌이켜보면 정말 아무것도
한 것이 없다. 공부를 좀 하려 했으나 그것도 잘 되지 않았다.
숙제는 아예 하지도 않았다. 마음이 상당히 초조하기조차
하다. 그러나 사나이 배짱 끝까지 밀어보는 수밖에.
오늘은 무척 더웠다. 책상엔 앉기조차 싫었다. 그래서
답답한 마음을 달래려 [illegible]이 집엘 갔다가 [illegible]까지
[illegible] [illegible] [illegible]. 술을 [illegible] [illegible]
[illegible] [illegible] [illegible]. 좀 편해지긴 했다.
내일부터 새학기다. 열심히 해야겠다. 이제
1년밖에 안 남았다. 운명의 그날까지.
이번 방학이 정말 아쉽다.

1985년 8월 25일 일기

강릉 그 바닷가의 추억: 친척들과 여름 나기

앞에서 이야기했듯이 경포는 어린이들에게는 참 좋은 소풍 장소였지만, 강릉에서 산다면 경포를 찾아오는 지인들의 수발을 들어야 하는 숙명도 감내해야 했다. 당시 대부분 가족처럼 나에게는 많은 사촌 형들이 있었고, 그중 한 분이 온다는 것이 사실 특별한 일도 아니었다. 1981년 8월 15일 일기처럼 내가 좋아했던 사촌 형이 온 덕분에 같이 바다에 가서 덤으로 노는 기회도 자주 있었다.

한번은 돌아가신 사촌 형님의 부인인 형수님이 오셨는데, 촌수로는 형수님이었으나 나이는 어머니와 같아서 두 분은 늘 친하셨

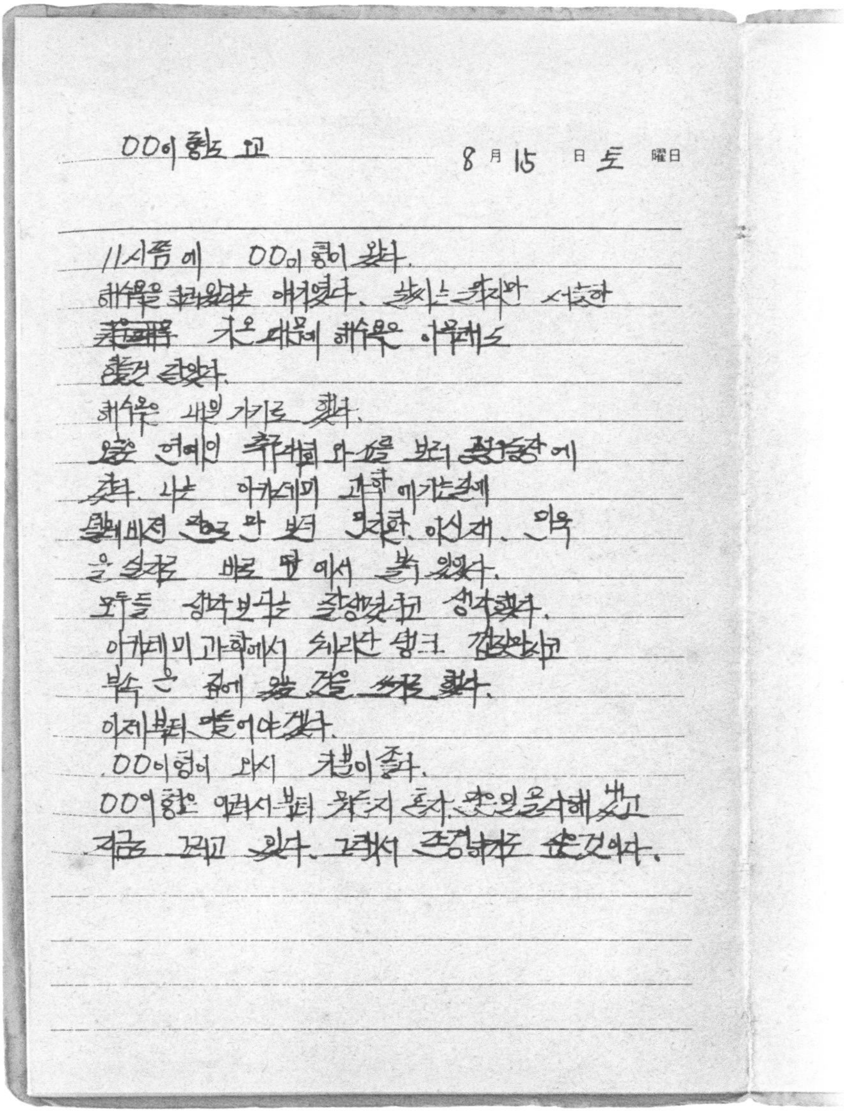
OO이 형도 오고 8月 15 日 土 曜日

11시쯤에 OO이 형이 왔다.
해수욕을 하러 왔다는 얘기였다. 날씨는 덥지만 서늘한
[illegible] 추운 때문에 해수욕은 아무래도
힘들 것 같았다.
해수욕은 내일 가기로 했다.
오늘 연예인 축구대회와 쇼를 보러 종합운동장에
갔다. 나는 아카데미 과학에 가는 길에
[illegible] 잠으로만 보며 [illegible]. 아시게. [illegible]
을 선수들 바로 앞에서 볼 수 있었다.
모두들 생각보다는 잘생겼다고 생각했다.
아카데미 과학에서 쉬라칸 탱크 잠수함 사고
부속은 집에 있는 것을 쓰기로 했다.
이제부터 만들어야 겠다.
OO이 형이 와서 기분이 좋다.
OO이 형은 어려서부터 [illegible] 혼자 [illegible] 공부해 왔고
지금 그러고 있다. 그래서 존경하고 싶은 것이다.

1981년 8월 15일 일기

다. 생전 해수욕을 해본 적이 없는 형수님을 모시고 우리 가족은 바다로 갔다. 그때는 수영복을 빌려주기도 해서 형수님은 수영복을 빌려 입으셨다. 그런데 아무래도 그렇게 몸이 드러나는 옷을 입어본 적이 없었던 탓에 너무도 부끄러워하셨다. 그러고 보니 다들 수영복에 익숙한 것은 아니었다. 형수님은 물에는 들어가지 않고 바닷가에만 앉아 계셨다.

강릉을 찾아오는 사람 중에는 물론 가까운 친척도 있었지만, 친척이라고 하기엔 너무 멀어서 생면부지인 경우도 있었다. 내가 고등학교 때 갑자기 먼 친척 아저씨가 전화해서, 그 친척 아저씨의 아들과 그 친구들이 동해안으로 놀러 왔는데 돈이 다 떨어져서 미안하지만 밥 좀 해주고 차비를 좀 도와달라고 해서 그 형들이 다 우리 집으로 몰려왔던 기억이 있다. 그 형들은 배가 얼마나 고팠는지 밥도 엄청나게 먹고, 차비까지 받아서 돌아갔다. 물론 나중에 그 사례를 다 받은 것으로 알고 있지만, 어쨌든 우리 가족은 참 여러 손님을 받았다.

따지고 보면, 그 형들을 욕할 것만은 아니다. 나의 대학 친구들도 눈보라를 뚫고 찾아와서 숙식을 해결하기도 했다. 아들 친구들에게 어머니가 지극하게 대해 주신 것은 말할 것도 없었다. 어머니에겐 늘 받기만 했던 것이다.

동네 풍경

우리 가족이 처음 강릉으로 이사 와서 살던 남득이네 집이 있던 골목이나, 두 번째 집인 한전집(왜 한전집인지는 조금만 기다리시면 된다)으로 이사 와서 살던 골목이나 풍경은 어찌 보면 큰 차이 없이 비슷하게 그려진다.

대부분 한옥집이고 군데군데 양옥집(슬라브 지붕 집)이 있었는데, 양옥집은 좀 잘사는 집이라고 할 수 있었다. 물론 그 차이가 큰 것은 아니었지만(사족이지만 슬라브 지붕이란 철근콘크리트로 평평하게 만든 지붕으로, 어원으로 치면 유럽의 슬라브 민족과는 아무런 연관이 없다. '판'을 의미하는 건축용어 'slab'에서 나온 말로 생각된다).

한옥과 슬라브 양옥이 공존했던 골목길

한옥이든 양옥이든 화장실은 모두 실외에 별도의 작은 건물을 세워 만든, 이른바 푸세식이었기 때문에 골목을 걸어가노라면 여름에는 특히 냄새가 심했다. 화장실엔 환기를 위한 작은 창이 골목으로 나 있어서 용변 보는 소리도 들을 수 있었다.

우리 가족이 두 번째로 세 들어 산 집이 있던 동네에는 근처에 기찻길이 있었는데, 등하교 때 이 기찻길을 건너야 했다. 특별하게 안전 펜스 같은 것도 없어서 사실 꽤 위험했다. 행복하게 느껴지는 '기찻길 옆 오막살이'란 없었다. 기찻길이 아니더라도 대충 만든 벽돌담이나 가시가 무성한 탱자나무로 울타리를 친 집도 있었고, 구멍가게가 두세 개쯤 있는 골목을 지나야 해서 불량식품의 유혹에도 그대로 노출되었다. 특별히 어린이들을 보호하기 위한 유형무형의 보호장치가 없던 시절이었다.

골목길 곳곳마다 이상한 사람들이 종종 있어서 초등학생들이 무서워하곤 했다. 그중 하나는 거의 고등학생은 되어 보이는, 정신병을 앓고 있던 여자아이(동네 어른들은 '미친년'이라고 했지만, 차마 그렇게 부를 수는 없는 일이다. 그냥 병이었을 테니까)였고 다른 하나는 '상이군인'이었다. 그 여자아이는 자기보다 어린 초등학생을 괜히 쫓아와서 깔깔거리며 웃곤 했는데, 초등학생들 대부분이 기겁했다. 그 여자아이는 치마에 속옷이 보이게 뛰어다니기도 했는데, 지금도 생각이 나는 이유는 그런 장면들이 꽤 낯설다고 느꼈기 때문일 것이다. 또 상이군인을 무서워했던 이유도 보통 손 한쪽이 갈고리거나, 다리 한쪽을 절거나, 보조 기구를 이용해 절뚝거리며 걸었기 때문일 것이다.

지금 생각하면 왜 그때 그런 것들을 제대로 알려주는 어른들이 없었는지 의아할 뿐이다. 정신질환이 있든, 상이군인이든 누구도 해코지한 사람들이 실상은 없었는데 왜 피하게만 했을까? 나는 지금도 상이군인이란 말을 누가 만들었는지 궁금하기 짝이 없다.

나라를 위해 자기 몸을 바친 분들이었을 텐데 말이다. 죄송한 일이고, 다들 그렇게 생각했던 것인지 이제는 쓰지 않는 말이 되었다. 당연한 일이다.

어느 동네에나 있을 법한, 정신질환을 앓는 아이들 중에는 내 초등학교 같은 반 친구도 있었다. 유미란 이름의 그 친구는 지금 생각하면 너무도 똑똑한 아이였는데, 내 이름을 정말 또박또박 부르면서 친한 척을 했다. 그 아이는 크게 깔깔거리며 웃었고, 주위 사람들을 신경 쓰지 않고 떠들어 대곤 했다. 사람들은 그 아이의 머리가 돌았다고 했는데, 정말 그랬는지는 모르겠다. 나에게는 잘해주었던 그 아이를 어느 날인가부터 볼 수 없었다. 누군가는 기차에 치였다고 했으나 진짜인지는 알 수 없는 일이다. 그때는 그렇게 갑자기 학교에 나오지 않는 아이들이 있었고, 기차에 치이거나 감나무에서 떨어져 바보가 되었다는 이야기는 흔했으니까.

그렇다고 골목길에 무서운 사람만 있는 건 아니었다. 진범이네는 정말 기찻길 옆에 살았는데, 진범이는 착한 아이였다. 우리는 종종 같이 하교하곤 했다. 아마도 3학년 즈음 교과서를 처음 받아서 돌아오는 날이었을 것이다. 당시에는 새로 만든 교과서의 수량이 모자라서 누구는 선배들이 쓰던 교과서를 받고, 누구는 새 책을 받곤 했다. 어떻게 그걸 정했는지는 기억이 나지 않는다. 하여간 나는 헌 책을, 진범이는 새 책을 받았다. 귀갓길에 내가 너무 부럽다고 하니까 진범이는 길가에서 자기의 책을 나의 것과 바꿔 주었다. 진범이는 내가 공부를 잘하니까 새 책을 쓰면 좋겠다고 이야기했(던 것 같)다. 나는 정말 너무 고마웠다. 진범이와는 그 후로도 친구로 지냈지만, 정말 친한 사이가 되지는 못했다.

우리 집 골목 끝에는 구멍가게가 하나 있었다. 동네 사람들은 전방이라고 불렀는데, 그 집 주인 할머니(혹은 아주머니)는 동네 터줏대감이나 다름없었고 늘 인자한 분이었다. 나는 그곳에서 군것질거리를 사기도 했지만, 가끔 몰래 과자 하나를 더 가져오곤 했다. 예를 들어 껌을 하나 사면 몰래 주머니에 하나를 더 넣어오곤 했던 것이다. 그날도 쫀드기를 사고, 하나 값만을 드렸다. 그런데 돈을 받으시면서 할머니는 "그거 하나는 그냥 주는 거다"라고 하셨다. 그 순간 나는 정말 너무나 놀라서 아무 말도 못 하고 가게를 나왔고, 한동안 그 가게에 가지 못했다. 그 할머니는 모든 것을 알고 있었지만, 자꾸 반복해서 그런 짓을 하니까 넌지시 하지 말라고 말씀하셨던 것 같다. 나는 그 뒤로 뭔가를 훔치는 그런 짓은 하지 않았다.

당시 어떤 골목은 바닥이 콘크리트로 포장되어 있었지만, 어떤 골목은 그렇지 못했다. 우리가 한전집에 살 때 그 골목은 바닥이 포장되어 있었다. 지금처럼 예쁘고 말끔하게 포장된 길은 아니었고, 자갈돌이 여기저기 튀어나와 있는 그런 거친 포장길이었다. 그래도 포장된 덕에 비가 오더라도 더는 흙탕길이 되지 않았으니, 동네 사람들에겐 다행이었다.

포장길은 빗물이 하수도로 빠져나가도록 콘크리트 블록으로 덮었는데, 블록 양 끝에 구멍이 나 있어서 하수가 내려가고 또 필요할 때 블록을 들어 올릴 수 있도록 설계되어 있었다. 이런 블록은 지금도 비슷한 용도로 사용되고 있으니, 사진은 내가 지금 살고 있는 인천 송도의 한 지역에서 찍은 것이다. 물론 그때는 이렇

포장길 중간에 하수를 내보내기 위해 콘크리트 블록이
사진과 같이 덮여 있었다. 물론 구멍은 훨씬 컸고,
덮개도 사진처럼 예쁘게 만들어진 것이 아니었다.

게 매끈한 돌로 만든 게 아니라 콘크리트로 대충 만들었고, 구멍이 아주 커서 아이들 발이 자주 빠지곤 했다.

하수도 역시 지금처럼 정비가 잘 되어 있지 않았고, 사진에도 나와 있듯이 그냥 도랑으로 연결되어 범람 위험이 늘 상존했다. 특히 여름에는 악취와 벌레가 정말 심했다. 다행히 이런 도랑들도 점차 콘크리트로 복개되어 넓은 길로 변했다. 자동차도 그만큼 늘어나 지금도 좁기는 마찬가지가 되어버렸지만.

도랑들이 복개, 즉 콘크리트 포장으로 덮이기 전 내가 살던
동네 모습(출처: 옛날티브이, MBC강원영동)

소년 잡지

지금의 청소년은 인터넷을 포함해 너무나 많은 미디어에 노출되어 오히려 도움보다는 해를 입는 때가 허다한 것이 사실이다. 그런데 70년대와 80년대에는 아이들이 접할 수 있는 미디어가 라디오와 TV 정도였고, 그나마 콘텐츠는 거의 어른들의 것이었다.

어린이들은 어린이 신문(주요 신문사에서는 지금과 같이 어린이 신문을 별도로 발간하고 있었다)이나 소년 잡지를 통해 새로운 세상을 배우고 있었다. 이런 매체들 덕분에 선생님이 이야기해 주지 않는 재미있는 세상을 알게 되었고, 거기서 얻은 지식으로 꽤 '잘난 척'을 했다.

서점에는 매달 여러 종류의 소년지가 나왔는데, 「소년중앙」,

「어깨동무」, 「소년생활」, 「소년세계」 같은 것들이 있었다. 학교 선생님이셨던 아버지는 시내의 여러 서점 사장님과 당연히 교류가 있었고, 가끔은 과월호의 소년 잡지를 얻어 오시곤 했다. 내가 잡지를 좋아하게 되자 나중에는 거의 매달 잡지를 사다 주시거나, 잡지 살 돈을 주시기도 했다.

재미있는 것은 학교에서도 공식적으로 「어깨동무」라는 잡지를 나누어 주었는데, 무료였는지 돈을 받았는지는 기억이 나지 않는다. 「어깨동무」는 다른 잡지에 비해 '모범생' 같은 느낌이었고, 따라서 재미는 좀 없었다. 내 친구 영도는 이 「어깨동무」를 열심히 모았는데, 그 녀석의 어머니가 초등학교 선생님이기 때문이 아니었을까 생각해 본다.

나는 「어깨동무」보다는 「소년중앙」을 더 좋아했는데, 내용도 내용이지만 별책 부록(이라고 해도 일종의 장난감 같은 것이었다)이 훨씬 다양했다. 비록 장난감 같긴 했으나 과학 교재로서의 역할도 커서 사실 많은 과학원리를 거기서 배웠다고 해도 과언이 아니었다. 그렇다고 해서 「소년중앙」만을 샀던 건 아니고, 매달 사지도 않았다. 더 좋은 부록이 나오면 여지없이 그 잡지를 사곤 했다. 보통 특별한 부록이 있으면 잡지 표지에 부록을 강조해서 눈에 띄게 인쇄했을 텐데, 다음의 표지에는 그런 것이 보이지 않는다.

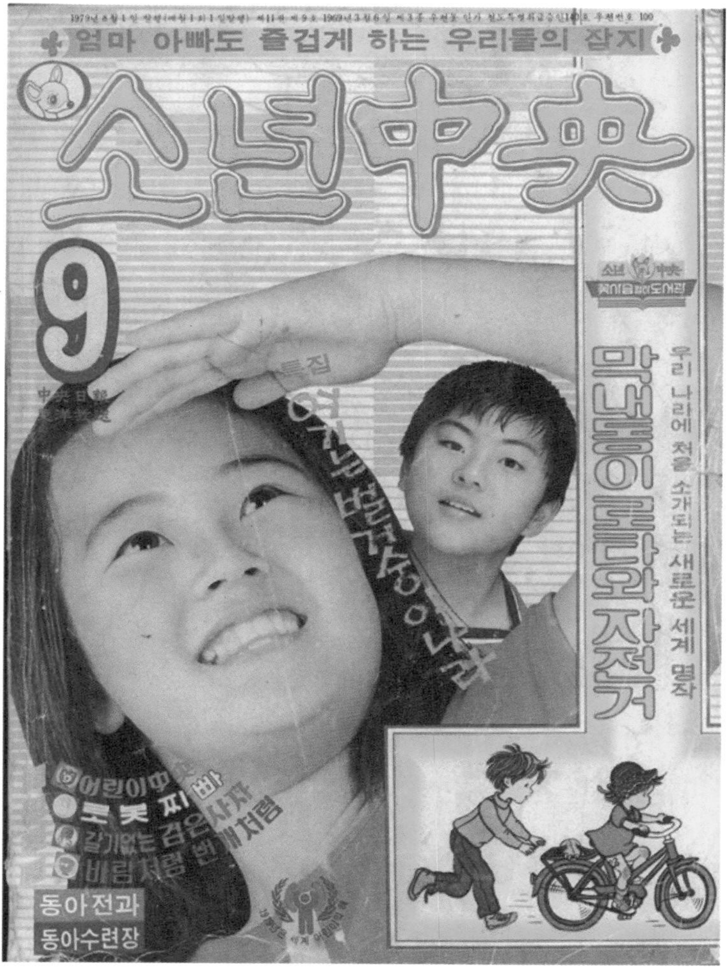

「소년중앙」 1979년 9월호(출처: 중앙일보). 내가 가지고 있던 「소년중앙」 여러 권을 어느 날, 어머니가 쓰레기라고 전부 폐지로 팔아버리셨다. 겨우 살아남은 두 권 중 한 권이다.

아무래도 뭔가 다른 이유가 있었나 보다. 만화가 너무 재미있었다던가….

소년 잡지는 장난감 이외에도 세상과 교류하는 특별한 통로였다. 세계 몇 대 불가사의라든지, 세상의 기괴한 사건이라든지, 또는 일반 책에서는 쉽게 접할 수 없었던 이야기들이 '해외 토픽' 같은 다양한 형식으로 전해져서 소년들 사이에 풍성한 이야깃거리를 제공했다. 그러니까 소재는 빈약했어도 요즘의 유튜브 같은 것이었다.

지금도 여전히 TV 다큐멘터리의 주요 소재인 피라미드의 비밀, 버뮤다 삼각지대의 비밀 그리고 흡혈귀 드라큘라의 유래 같은 미스터리 이야기뿐 아니라 오로라 이야기, 자동차 왕 포드 이야기, 비행선을 만든 체펠린 이야기, 히틀러 이야기 등을 모두 이 잡지들을 통해 처음 들었다. 특히 21세기를 상상하는 이야기에서 21세기가 되면 사람들이 모두 손에 화면이 나오는 전화기를 들고 다닌다는 내용을 보았던 것을 기억한다. 나는 그런 상상력이 과학보다 더 빠르고 더 현실적일 수도 있다는 것을 어느샌가 깨달았던 것 같다.

소년지는 광고지 역할도 잘 해냈다. 초등학교 어린이들이 호기심을 가질 만한 온갖 신기한 것들이 광고로 실렸다. 새로운 프라

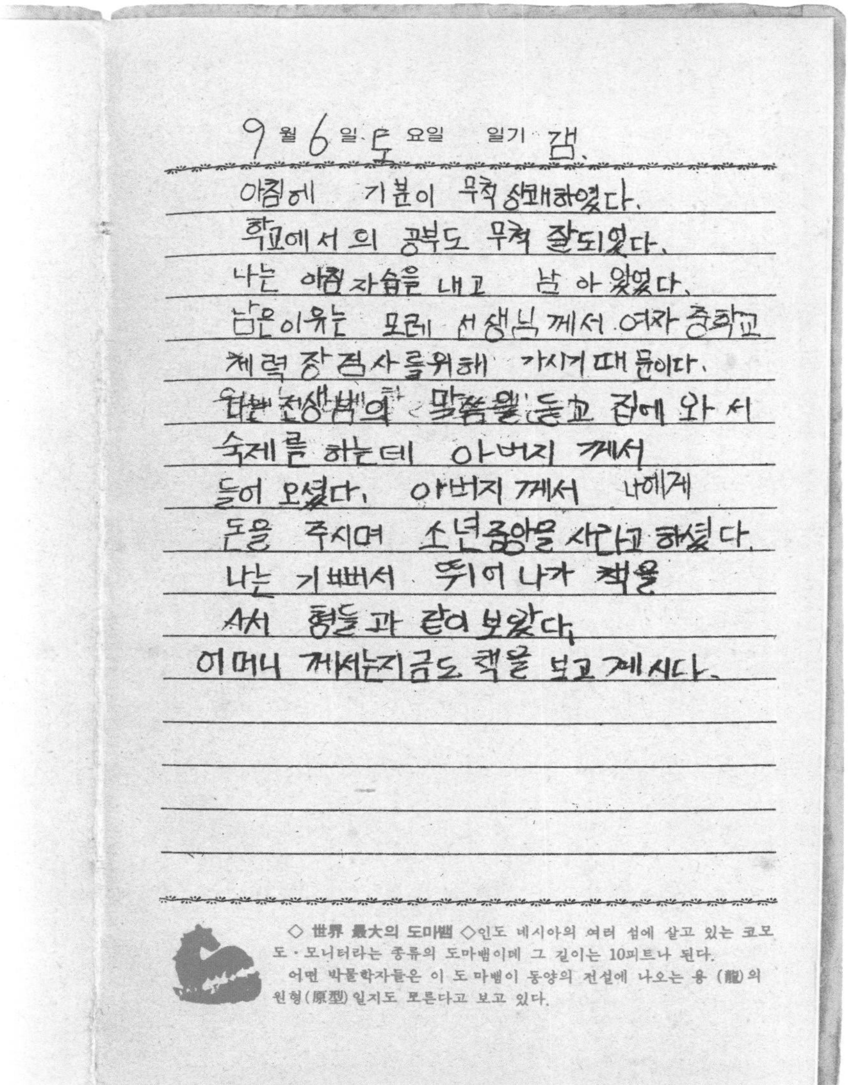

9 월 6 일 토 요일 일기 갬.

아침에 기분이 무척 상쾌하였다.
학교에서의 공부도 무척 잘되었다.
나는 아침 자습을 내고 남아 있었다.
남은 이유는 모래 선생님께서 여자 중학교
체력 장 검사를 위해 가시기 때문이다.
담임 선생님의 말씀을 듣고 집에 와서
숙제를 하는데 아버지 께서
들어 오셨다. 아버지 께서 나에게
돈을 주시며 소년중앙을 사라고 하셨다.
나는 기뻐서 뛰어 나가 책을
사서 형들과 같이 보았다.
어머니 께서는지금도 책을 보고 계시다.

◇ 世界 最大의 도마뱀 ◇인도 네시아의 여러 섬에 살고 있는 코모도・모니터라는 종류의 도마뱀이데 그 길이는 10피트나 된다.
어떤 박물학자들은 이 도마뱀이 동양의 전설에 나오는 용(龍)의 원형(原型)일지도 모른다고 보고 있다.

1980년 9월 6일 일기

모델(plastic model)이나 소형 무전기, 소형 라디오, 카메라까지 말이다. 사실 무전기나 카메라는 거의 쓸모가 없는 일회용 장난감에 불과했지만, 새로운 프라모델은 남자아이들이 늘 갖고 싶어 하는 '최고'의 물건이었고, 이런 잡지를 통해 서울과 지방의 문화적 차이가 조금이나마 줄어들 수 있었다고 생각해 본다.

1980년 9월 6일 일기에는 「소년중앙」을 사 보라고 아버지가 용돈을 주신 기록이 있다. 잡지에는 만화가 실려 있어 형들도 좋아했고, 놀러 온 친구들도 다들 돌려보면서 닳도록 읽었다.

돌이켜보면 그때 소년 잡지들에서 보았던 신기한 세상 이야기와 거기서 시작된 상상이 지금의 나를 상당 부분 만든 게 아닌가 싶기도 하다.

책꽂이 몇 단을 채웠던 이 잡지들은 내가 서울에서 대학을 다니는 사이 거의 다 없어졌다. 어머니가 짐이 된다고 모두 버리셨던 것이다. 물론 내 동의는 없었다. 나중에 어머니는 이 일을 몹시 후회하셨다. 잡지가 귀하다는 것보다, 아들의 추억이 묻어 있는 물건을 모두 가져다 버렸다는 아쉬움이었다. 그런 일은 우리 집에서만 일어난 것은 아니었다. 나보다도 더 열심히 「어깨동무」를 모았던 영도네도 쌓여 있던 이 보물들을 모두 폐지로 팔았다고 한다. 그리고 몹시 후회했노라고.

지금 인터넷에서 이런 잡지는 낱권으로도 상당히 비싼 값에 팔리고 있다. 그 시절 우리의 추억이 녹아 있기 때문일 것이다. 그렇긴 해도 몇 년에 한 번씩 이사를 하는 요즘에 그 잡지들을 영원히 가지고 다닐 수도 없는 일이다. 너무나 바쁘고 챙겨야 할 것이 많은 세상이니 말이다.

초등학교 이야기

손수건을 꽂고 어머니를 따라 첫 등교를 한 나는 1학년 4반이 되었다. 1학년은 본관이 아닌 별관에 있었다. 본관은 그나마 사진에서 보듯이 콘크리트로 지은 현대식 건물이었지만, 별관은 함석과 슬레이트 지붕으로 된 네 칸짜리 낡은 건물이었다. 어떤 사람은 일제 강점기에 지은 건물이라고 했는데, 그랬을지도 모른다.

별관 교실은 바닥이 소나무 목재처럼 널찍한 널판을 이어 붙인 마루로 되어 있었다. 그러나 나무옹이가 많았고, 이음새도 잘 맞지 않았다. 그조차도 아주 오래된 것들이어서 방과 후 청소는 늘 쓸고 기름칠을 하는 것이었다. 그렇긴 해도 청소 시간에 청소만

성덕초등학교 본관 건물이다. 1980년대 말에 찍었다.

한 건 당연히 아니었다. 우리는 씨름도 하고, '대포놀이'라고 해서 앞뒤의 두 명 위로 아이가 올라타 몸으로 부딪치는 놀이를 하곤 했다. 나는 한번 그 위로 올라타고 부딪친 후 바닥에 떨어져 숨을 잘 못 쉬어 깜짝 놀랐던 기억이 있다.

지금으로 치면 나는 조기 교육 같은 것은 전혀 받지도 않은 데다 유치원도 다니지 못했기 때문에, 말하자면 모든 것을 1학년 때 처음 배웠다. 남득이와 남준이는 유치원을 다녔고, 한글을 이미 깨우친 상태였던 것 같다. 1학년 때의 가장 또렷한 기억은 국어 시험인지 받아쓰기 시험인지에서 점수가 84점이 나와, 어머니가 그걸 보시고 한숨을 쉬었던 일이다. 나는 사실 받아쓰기를 잘하지 못했는데, 지금도 여전히 이렇게 외워서 치르는 시험을 잘 못 보는 것 같다. 반면에 이미 한글을 알고 있던 남득이와 남준이는 100점을 종종 받았나 보다. 시간이 지난 뒤에 들었지만, 어머니는 심히 걱정하셨다고 한다. 남들보다 좀 늦은 것 같았으나 다행이었던 점은 좋은 담임선생님을 만난 것이었다. 담임이었던 홍명숙 선생님은 열심히 기초부터 가르쳐 주셨다.

그 덕분인지 어머니의 처음 걱정과는 달리 나는 반에서 공부를 가장 잘하는 아이 중 하나로 2학년에 올라갔다. 남득이와 남준이도 공부를 잘하는 아이였고, 이 친구들을 통해 영도를 알게 되어 우리는 모두 친해졌다. 당시는 아직 학생 수에 비해 학교 수가 충분하지 않던 시절이었기에, 학교는 종종 2부제 수업을 했다. 2학년 2학기부터 2부제 수업을 해서 오전반, 오후반이 있었다. 2학년 때 담임은 백현숙 선생님이셨고, 역시 좋은 선생님이었다.

2학년 때는 특별활동 시간이 항상 기다려졌는데, 나는 내가 그림을 잘 그리는 줄 알고 미술반을 선택했다. 그러나 그림을 잘 그린다는 생각은 한 5학년 즈음 되니 없어졌다. 그림을 좋아하기는 해도 잘 그리지는 못한다는 걸 그제야 알았다. 어쨌든 수요일이나

목요일쯤에 있던 특활시간에 빈자리에 앉아 그림을 그리고 있으면 그렇게 좋았다. 플라타너스가 짙은 그림자를 드리운 학교에는 가을이면 시원한 바람이 불어오곤 했다. 여름 한 철 플라타너스에서 떨어지는 송충이들이 교실로 들어오던 끔찍한 기억들도 있지만 밖에서 매미가 울고 한가롭게 느껴지던 그 시간, 사실은 멍때리고 있던 그 시간이 가끔은 몹시도 그립다.

3학년 때 담임은 최동근 선생님이셨는데, 처음으로 남자 선생님이 담임이 되었다. 첫 개학 즈음 선생님이 새로운 전학생이라며 여학생 하나를 소개해 주셨다. 나의 기억으로는, 서울에서 전학 왔다고 했고 아주 예쁘게 생긴 여학생이었다. 전학 온 바로 그날인지 다른 날인지 모르겠지만, 선생님이 그 친구에게 갑자기 피어리와 아문센에 대해 발표를 시켰다. 내가 생전 처음 듣는 이름의 사람들을 그 친구는 잘 설명했고, 그건 나에게 일종의 문화 쇼크였다. 그 후로 나는 그 친구를 좋아했던 것 같다. 나는 이것을 풋사랑이라고 부른다. 서울에서 온 아이 같은 깔끔하고 예쁘게 생긴 그 아이를 나만 좋아했던 건 당연히 아니었고, 많은 애들이 좋아했다고 한다.

나중에 중년이 되어서 어찌어찌하여 다시 그 친구를 만나게 되었다. 다들 서울이나 서울 인근에서 살고 있어 우연에 가깝게 만난 것이다. 그에게 예전 기억을 물어보니 그 친구는 서울이 아닌, 같은 강릉 시내의 다른 초등학교에서 전학 온 것이었다. 그렇지만 그 친구의 아버지가 방송국 아나운서였고, 아버지의 근무 때문에 어쨌든 서울에서 강릉으로 이사 온 것은 사실이었다. 또 집에서 가까운 학교로 전학 온 것이었는데, 그 친구의 집은 나와 남득이의 집과도 가까워서 나는 괜히 그 친구의 집 앞에서 놀기도 했다. 내 기억에는 그 친구 집에 놀러 가기도 했던 것 같은데, 확실하지는 않다. 나의 착각일지도. 3학년 2학기에 갑자기 반이 바뀌었는데, 왜 그랬는지는 알 수 없다. 그 친구와는 4학년 때 다시 한 번 같은 반이 되었고, 지금도 연락하는 사이가 되었다. 인연은 정말 신비롭기만 하다.

운동장 조회 이야기

학교 운동장에서 조회를 서는 일은 초등학교에서 고등학교까지 계속되는 일상이었다. 지금 생각하면 무슨 이유가 있어서 매주 그렇게 조회를 섰을까 의아할 정도로 자주 조회를 섰다. 이렇게 운동장에서 조회를 서는 것이 일제의 잔재라는 사실도 정말 최근에야 알았는데, 예를 들면 유럽의 그 어떤 나라도 매주 이렇게 서서 선생님의 설교를 듣는 일은 없다고 한다.

날씨가 나쁜 날을 빼고는 일주일에 몇 번씩 운동장에서 아침 조회를 섰다. 시상식을 하려고, 혹은 상급 기관에서 내려온 전달 사항을 알리려고 운동장에 모이곤 했다. 매 조회에선 교장 선생님이나 다른 선생님의 훈시 순서가 있었는데-정확히 '훈시'라고 불렀다- 그 꼬맹이들을 데리고 무슨 할 이야기가 그렇게 많았을까 싶을 정도로 긴 이야기들을 하셨다.

조회가 싫었던 모양인지 1980년 8월 25일 일기에는 조회를 서지 않아 좋았다는 내용이 눈에 뜨인다. 조회를 서지 못한 이유는 비가 많이 온 뒤라 땅이 꽤 질었기 때문이다. 8월 25일이다. 생각해 보라. 이때쯤에는 아침이라도 금방 더워지는 날들이 있었을 것이다. 누군들 밖에서 조회를 서고 싶었을까? 그런 마음이 담겨 있다.

조회는 사실 군대처럼 진행되었는데, 거수경례도 하고 가로줄과 세로줄도 맞추어야 했다. 줄을 잘 맞추지 못하면 혼나기 일쑤여서 운동장 바닥에는 작은 제기 같은 것을 일렬로 박아 아이들이 줄을 맞추는 데 도움을 주기도 했다.

조회가 끝나면 행진곡에 맞춰 일정한 순서에 따라 운동장을 돌아서 교실로 들어갔는데, 오른발 왼발을 잘 맞추지 못하면 마이크를 든 선생님이 혼을 내시곤 했다. 행진곡에 맞추어 팔을 45도 들라거나 60도 들라거나 하는 지적을 계속 받았다. 마치 지금 북한의 어린이들이 하던 것과 비슷했다. 지금 우리가 그들을 보며 느끼는 마음은, 질서정연하다거나 규율이 있어서 보기 좋다가 아니라 그저 촌스러워 보인다는 것뿐이다.

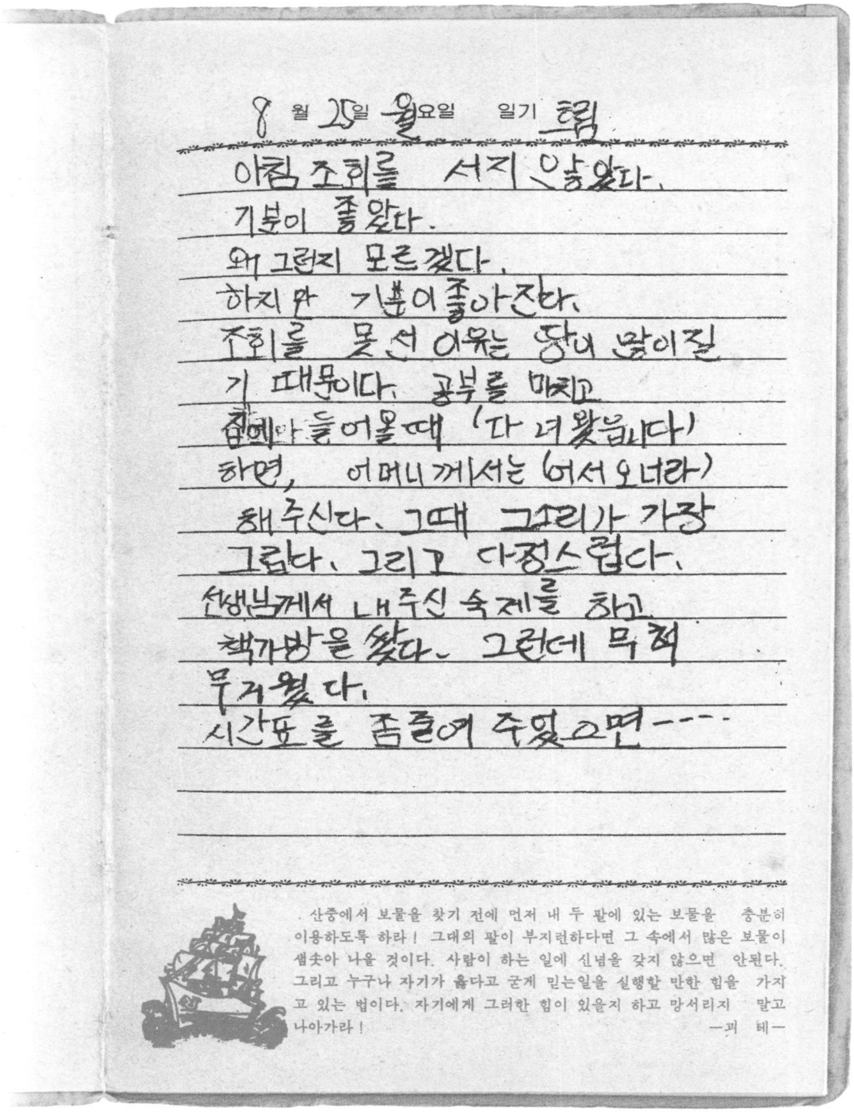

8 월 25일 월요일 일기 흐림

아침 조회를 서지 않았다.
기분이 좋았다.
왜 그런지 모르겠다.
하지만 기분이 좋아진다.
조회를 못 선 이유는 땅이 많이 질
기 때문이다. 공부를 마치고
집에 들어올때 (다녀왔습니다)
하면, 어머니께서는 (어서오너라)
해주신다. 그때 그소리가 가장
그립다. 그리고 다정스럽다.
선생님께서 내주신 숙제를 하고
책가방을 쌌다. 그런데 무척
무거웠다.
시간표를 좀줄여 주었으면----

산중에서 보물을 찾기 전에 먼저 내 두 팔에 있는 보물을 충분히 이용하도록 하라! 그대의 팔이 부지런하다면 그 속에서 많은 보물이 샘솟아 나올 것이다. 사람이 하는 일에 신념을 갖지 않으면 안된다. 그리고 누구나 자기가 옳다고 굳게 믿는일을 실행할 만한 힘을 가지고 있는 법이다. 자기에게 그러한 힘이 있을지 하고 망서리지 말고 나아가라!

—괴 테—

1980년 8월 25일 일기

조기 청소

조기 청소는 나에게 특별한 기억으로 남아 있다. 정부의 행정력이 주말에도 가정에 영향을 미치던 대표적인 행사였다. 조기 청소는 방학 때나 휴일 아침에 학생들이나 동네 주민들을 불러 모아, 자기가 사는 동네를 청소하게 하는 행사였다. 아버지는 선생님이시라 주말에 당번이 되면 지정된 구역으로 가서 학생들의 출석을 점검하고 청소 지도를 하셨다.

1981년 2월 21일 자 『경향신문』에는 서울시가 시민 25만 명을 참여시켜 조기 청소를 하기로 했다는 기사가 실려 있다.

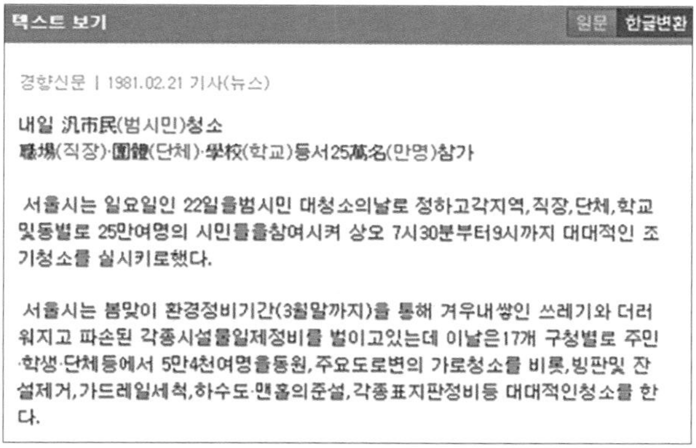

텍스트 보기 원문 한글변환

경향신문 | 1981.02.21 기사(뉴스)

내일 汎市民(범시민)청소
職場(직장)·團體(단체)·學校(학교)등서25萬名(만명)참가

서울시는 일요일인 22일을범시민 대청소의날로 정하고각지역,직장,단체,학교및동별로 25만여명의 시민들을참여시켜 상오 7시30분부터9시까지 대대적인 조기청소를 실시키로했다.

서울시는 봄맞이 환경정비기간(3월말까지)를 통해 겨우내쌓인 쓰레기와 더러워지고 파손된 각종시설물일제정비를 벌이고있는데 이날은17개 구청별로 주민·학생·단체등에서 5만4천여명을동원,주요도로변의 가로청소를 비롯,빙판및 잔설제거,가드레일세척,하수도·맨홀의준설,각종표지판정비등 대대적인청소를 한다.

1981년 2월 21일 자 『경향신문』 기사. 아침 7시 30분부터
조기 청소를 실시했다고 되어 있다.

서울시가 그랬듯이 지방에서도 비슷한 일들이 일어났다. 사진(68쪽)은 시민과 학생들이 모여 청소하는 내용을 보도한 지역 방송 화면이다. 어른 아이 할 것 없이 모두 이렇게 청소를 하곤 했다. 빗자루는 아마도 시청 공무원들이 가져다주고 나중에 다시 수거해 갔던 것 같다. 이 방송에서는 새마을 청소라고 설명하고 있다. 그러고 보니 조기 청소 대신 새마을 대청소라고 불렀던 것도 같다.

학생이었던 나도 종종 조기 청소를 하러 나갔다. 물론 안 나오는 사람도 많았다. 1980년 8월 3일 일기에는 당시 6학년이었던 내가 동생과 함께 조기 청소를 하러 나갔다가 아무도 나와 있지 않

새마을 청소를 하는 모습(출처: 옛날티브이, MBC강원영동)

은 것에 대해 이야기한 내용이 나온다. 한 명도 나오지 않아 섭섭하다고 적혀 있다. 지금 생각해 보니 한 명도 안 나온 건 좀 이상하다. 당시 공무원들은 거의 반드시 참여해야 했을 테고, 조기 청소 불참으로 징계를 당했다는 공무원들 이야기가 종종 있었던 시절이니까. 내가 장소를 잘못 알았거나 날짜를 잘못 알았을 수도 있다. 아니다. 날짜를 잘못 알지는 않았을 것이다. 아버지도 참여하셨을 테니 날짜는 제대로 알고 있었을 것 같다. 정말 궁금한 건 '이 아이가 정말 섭섭했을까'이다. 섭섭한 마음보다 청소를 안 해서 더 좋아하는 게 어린이 마음 아니었을까?

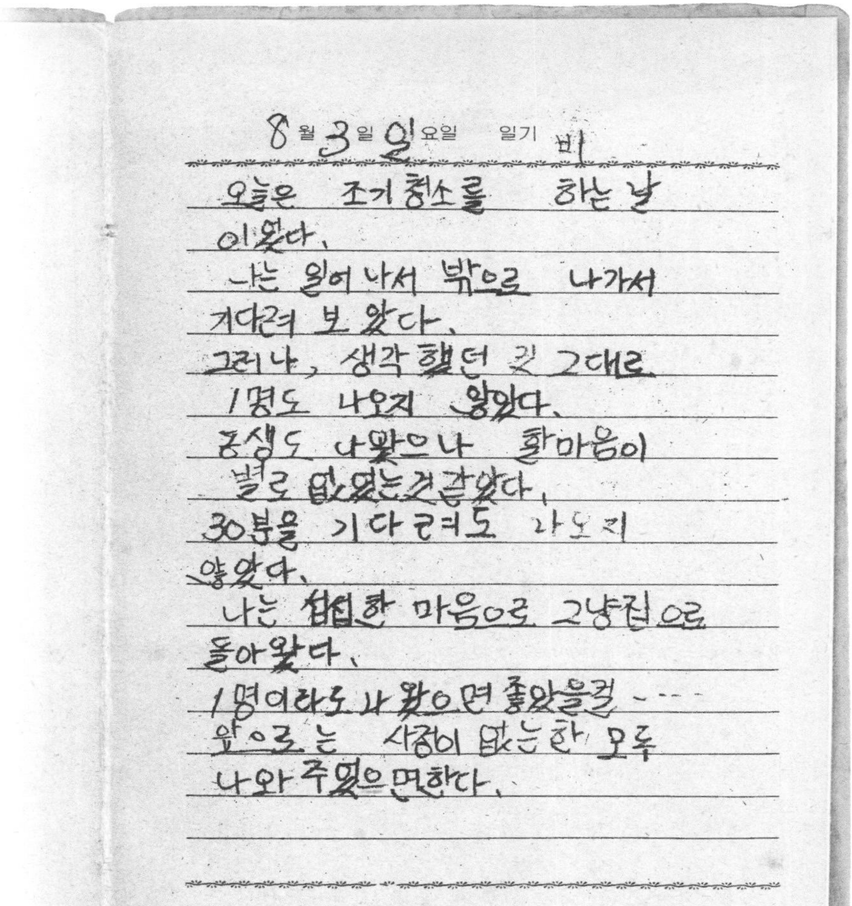

8월 3일 일요일 일기 비

오늘은 조기청소를 하는 날
이였다.
나는 일어나서 밖으로 나가서
기다려 보았다.
그러나, 생각했던 것 그대로
1명도 나오지 않았다.
동생도 나왔으나 할 마음이
별로 없었는것 같았다.
30분을 기다려도 나오지
않았다.
나는 섭섭한 마음으로 그냥 집으로
돌아왔다.
1명이라도 나왔으면 좋았을걸.....
앞으로는 사정이 없는한 모두
나와 주었으면 한다.

*주정주의(主情主義 : Emotionalism) 심리학, 윤리학, 철학, 예술 등에 있어서, 주지설(主知說)에 반대하고 주의설(主意說)에 접근하면서 정신생활에서의 감정의 우월적 존재를 주장하는 설.

1980년 8월 3일 일기

아버지가 신문물을 접하는 법

우리 집은 중학교 선생님인 아버지가 유일하게 수입이 있으셨기에, 배를 곪은 적은 없지만 경제적으로 넉넉한 것은 당연히 아니었다. 나는 밥을 못 먹은 적이 없다는 사실에 늘 감사하게 생각한다. 하루가 다르게 성장하는 아이들이 넷이나 있었지만, 배가 고프다고 생각한 적은 다행히 없었다. 나중에 여러 사람과 어린 시절을 이야기하고 비교하면서 알게 된 것인데, 예를 들면 소고기 같은 것은 잘사는 집 아이들보다 자주 먹지는 못했던 것 같다. 고기반찬은 여전히 귀한 것이었다. 그렇게 생각하는 이유는 정육점에서 사 오신, 신문에 싸인 고기를 보는 날이 특별한 날에만 있었기 때문이다. 예를 들면 아버지 생신 같은 날 말이다. 그런 부족함 속에서도 아이들이 그런 것을 모르고 자랄 수 있었던 것은 박봉을 열심히 쪼개어 사용하신 어머니가 있어서 가능했을 것이다.

그런데 그런 상황에서도 아버지는 신문물—이 낱말이 적당한지 잘 모르겠다. 텔레비전, 냉장고, 전화 그런 것들에 대한 이야기니까—을 꽤 좋아하셨다. 내가 가젯(gadget, 작고 유용한 도구)류를 좋아하는 것은 순전히 아버지의 유전자 덕분이라고 생각한다. 아버지는 늘 이런 새로운 기계를 사는 것을 좋아하셨는데, 기계 자체를 좋아하셨는지 아니면 남들에게 지는 것이 싫어서 그러셨는지는 모르겠다.

아버지의 첫 번째 신문물은 TV였다. 믿거나 말거나이지만, 그때는 아직 TV가 많지 않던 시절이었다. 철암에서 셋방살이를 하던 시절, 우리는 물론이거니와 주인집에도 TV는 없었다. TV가 몇 집마다 하나씩 있을 정도로 귀해서 우리는 교장 선생님 댁에 모여 TV를 보곤 했다. 보다가 졸고 있으면, 어머니나 아버지가 등에 업고 집으로 돌아오시곤 했다. 생각해 보니 그 교장 선생님 댁 식구들로서는 우리가 꽤 성가셨을 텐데 특별히 불편한 기색을 보이시진 않았던 것 같다.

아버지는 가족이 매번 그곳에서 TV를 보고 돌아오는 일이 마음에 안 드셨는지 어느 날, 금성 TV를 사 오셨다. 셋방 살던 우리에게 TV라니! 놀라운 일이었다. 물론 아직 초등학교에도 들어가지 않은 내가 볼 만한 것은 별로 없었지만, 이제 주인집도 우리 집에 TV를 보러 오곤 했다.

1959년 상영된 오즈 야스지로 감독의 일본 영화 「안녕하세요」에서는 텔레비전을 사주지 않는 아버지에게 귀여운 저항을 하는 두 형제의 이야기가 나온다. 영화 속 배경이 되는 시간도 1959년이라 사뭇 재미있다. 아버지가 텔레비전을 사 오신 때가 아마 1970년대 초일 터이니 대략 10년 이상의 차이가 있는 셈이다. 물론 영화는 형제가 셋방이 아닌 자기 집에서 살고 있고 근처에는 아파트도 있는, 깨끗한 일본의 일상을 보여준다. 영화이니 실상은 좀 달랐겠지만, 우리의 사정이 좀 더 어려웠으리라는 점은 어느 정도 헤아려봄 직하다.

강릉으로 이사 와서 두 번째로 집을 옮겼는데, 집주인 아저씨가 한전에 다니셔서 동네 사람들이 한전집이라고 불렀다. 기와집 한 편으로 두 칸의 방과 부엌이 있는 전셋집이었다. 어머니는 한전집 주인아주머니를 늘 감사하게 생각하셨다. 아이들이 많다며 방 빌리는 것을 번번이 거절당했던 참에 선뜻 방을 내주셨기 때문이다.

방이 두 칸인데 식구는 여섯이니까 잠을 잘 때면 방이 거의 꽉 찼다. 나는 아직 책상이 없어도 중학생이었던 형은 책상이 있었고, 집기를 이것저것 들여놓으니 방이 전혀 넓지 않았다.

그런데 어느 날, 아버지가 냉장고를 들여놓으셨다. 아직 주인집에도 냉장고가 없던 시절이었다. 금성 냉장고였는데, 어머니는 우리 생활에 냉장고가 웬 말이냐고 화를 내셨다. 하지만 냉장고를 들여놓고 우리 집의 여름 나기는 지난해와는 완전히 다른 것이 되었다.

가장 기억에 남는 것은 (당시에는 '하드'라고 부른) 아이스크림을 집에서 만들어 먹은 일이다. 그 시기에는 가게에도 아직 냉장고가 보급이 잘 안 되어서, 냉장고 대신 진공 보온 냉기 안에 하드를 넣고 맨 위에는 고무주머니 안에 얼음과 소금을 채워 보관했다. 그 용기 안에서 하나씩 꺼내어 팔던 하드를 사 먹는 일이 우리 어린이들에게는 여름에 더위를 피하는 고급스러운 방법이었다. 집 앞 가게에서 팔던 우미당의 하드를 사 먹던 기억도 선명하다. '우미'는 '바다'란 뜻의 일본말로 일본의 잔재는 그렇게 오래도록 남아 있었다.

집의 냉장고에서 하드를 만들어 먹는 건 신나는 일이었지만 그냥 설탕물이나 주스를 얼려 먹는 것이라 아주 딱딱했고, 언제부턴가 '부라보콘'을 가게에서 사 먹을 수 있게 되면서 용기에 하얗

게 성에가 낀 하드를 만들어 먹는 일은 점점 인기가 없어졌다. 그래도 미숫가루를 얼려 먹거나, 오렌지 주스를 얼려 먹는 일은 여름 한 철 늘 있었다.

아버지는 어느 날 드디어 전화를 놓으셨는데, 어머니의 반응은 역시 비슷했다. 아버지는 전화를 놓은 이유를, 당시 같은 학교의 동료 선생님이 요새 전화기 없는 집이 어디 있냐고 하는 이야기를 들었고 그게 몹시 자존심을 상하게 해서라고 말씀하셨다.

당시엔 백색 전화와 청색 전화라는 것이 있었다. 전화기의 색깔을 의미하는 것이 아니고, 전화번호를 개인이 소유하느냐 혹은 리스하느냐에 따라 달라지는 것이었다. 소유하면 이사 갈 때 그 번호를 가지고 갈 수 있지만, 리스라면 번호를 반납하고 새로 받아야 했다. 당연히 소유하는 백색 전화는 가격이 비쌌고, 일반인은 대부분 리스인 청색 전화를 보유했다. 그런데 전화기의 색깔이 실제로는 흑색이 많았기 때문에 흑색 전화라고 불렀다고 한다. 우리 집도 당연히 흑색 전화였다. 전화번호는 국번 없이 네 자리인 6971이었고, 전화는 우리의 일상생활에 냉장고만큼, 아니 그보다 더 큰 혁신을 가져왔다.

곧, 그러니까 4학년 즈음이 되자 친구들 간에 전화로 연락이 가능했다. 물론 전화가 있는 집은 한 반에 아마 5분의 1만큼도 안 되었을 것이고, 냉장고가 있는 집도 그랬을 거다. 그때는 새로운 학년에 올라가면 가정환경 조사를 한다며 집에 있던 가전제품 같은 것도 늘 조사했는데, 지금 생각하면 우습기 짝이 없는 것이었다. 나는 아마도 전화와 TV와 냉장고가 있었던 것에 우쭐했던 것 같다. 나랑 친했던 남득이네도 물론 이것들이 다 있었고, 남준이네도 아마 있었던 것 같다.

그 후로도 아버지는 이런 신문물을 집으로 잘 가져오셨는데, 그중엔 독수리표 카세트 라디오도 있었다. 사진에서 보듯이 신문광고까지 했던 것으로 보아 상당히 인기 있는 물건이었음이 틀림없다. 1977년 가격이 59,000원이니 당시 아버지 월급을 생각한다면

쉐이코 카세트 레코더. 1976년 11월 23일
『조선일보』 광고에서 발췌했다.

상당히 비싼 가격이었고, 아마 할부로 구매하셨을 것이다. 카세트 라디오는 라디오에서 나오는 방송을 바로 녹음하는 것은 물론, 커다란 스피커로 재생도 가능해서 1980년대 후반 우리 집에 인켈 전축이 들어오기 전까지 인기가 대단했다. 라디오나 TV에서 나오는 소리를 녹음해 다시 들어보곤 했고, 할머니가 놀러 오셨을 때는 할머니가 구술하시는 해님 달님 이야기를 녹음하기도 했다. 이 녀석이 언제 집 안에서 사라졌는지가 기억에 없다. 1980년대로 넘어오면서 컬러TV나 비디오 레코더, 마이마이 워크맨, 전축 같은 새로운 전자기기가 너무 쉴 새 없이 들어왔기 때문일 것이다. 어느 주말, 아버지가 카세트 라디오가 아닌 전축으로 배호의 노래를 틀어놓고 따라 부르시던 순간을 영화의 한 장면처럼 기억한다.

컬러TV를 처음 산 날은 1981년 12월 20일이었는데, 역시 아버지는 '갑자기' TV를 사 오셨다(1980년 12월 1일이 국내 최초로 컬러 방송이 시작된 날이다). 그날 일기에는 아버지가 형이 가지고 있던 돈을 합쳐서 TV를 사 오셨다고 적어놓았다. 형은 어디서 돈이 났을까? 확실한 것은 아버지의 돈은 당연히 어머니에게서 나온 것이었고, 어머니는 겨우겨우 가계를 지탱해 나가느라 이를 섭섭해하셨던 것 같다. 당시 가계지출을 감당하기 위해 어머니는 삯바느질을 하고 계셨다. 큰돈은 아니지만 한 푼이라도 아쉬웠던 어머니에게 삯바

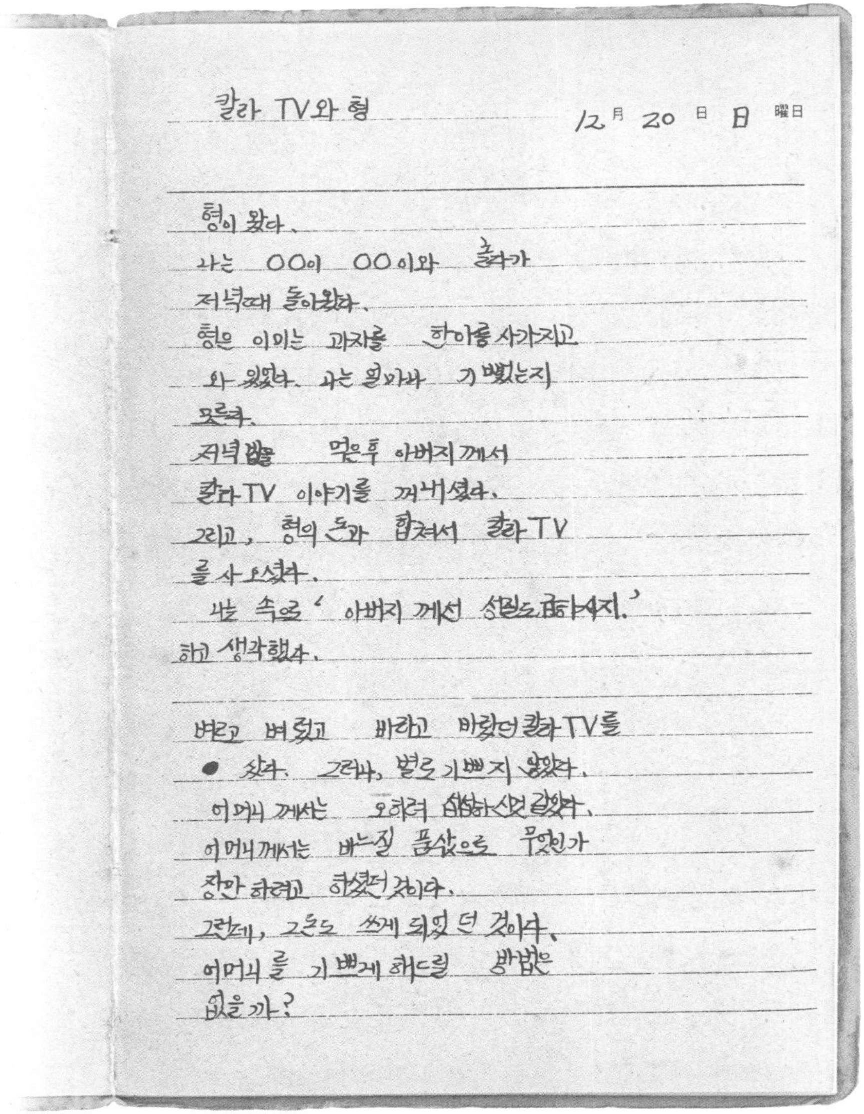

1981년 12월 20일 일기

느질은 중요한 수입원이었고, 그런 돈으로 당장 필요하지 않은 TV를 사는 것을 이해하기 어려웠던 것이다.

어머니의 사정이 어쨌든 컬러TV는 새로운 문화를 만들었고, 우리는 새 시대에 꽤 이르게 합류할 수 있었다. 아직 컬러TV가 없던 아이들에게 자랑도 하고, 즐겁게 보던 만화영화를 생생하게 설명할 수 있었다. 컬러TV를 가진 것으로 갑자기 부자가 된 양 느껴졌고, 친구들 사이에서 정말 그런 척했다. 그래도 여전히 셋방에서 살았기 때문에 실제로 달라진 건 없었다. 자기 방이 없었던 형은 공부하기 힘들다면서 본인만의 방을 갖고 싶다고 했는데, 아버지는 두고두고 이 일로 형에게 미안하다고 하셨다.

1990년대에 들어서 자가용 차를 갖는 일이 그리 특별한 것이 아니었을 때도 우리 집은 자가용 차를 새로 사지 못했다. 형은 독립했지만, 아직 대학에 다니는 나와 동생들의 학비를 마련하려면 자가용 차는 엄두도 낼 수 없었다. 나중에 아버지는 어찌어찌 400만 원을 모아 서울 장안평에서 중고 스텔라를 사셨는데, 운전에 자신이 없다고 자동변속기 차를 고집하셨다.

나는 아버지 차로 처음 운전을 배웠고, 스텔라는 오랫동안 우리 집에서 엄청난 대접을 받았다. 아버지는 차를 매일 닦고 왁스를 발랐으며, 시트 덮개를 새로 만들고 진공청소기로 청소하시곤 했다. 그래서 그 차를 팔 때 차의 상태가 처음 살 때와 별반 다르지 않았다. 나는 자동차 회사에 다니면서 아버지께 새 차를 사드리지 못한 것에 대해 조금 미안한 마음이 있다. 아버지가 신문물을 좋아하시는 것을 잘 알고 있기 때문이다.

그렇긴 해도 카메라나 시계 같은 소소한 것들을 가끔 선물해드리는 것으로 위안을 삼는다. 나이가 든 지금, 강릉집에 이제 전축은 없다. 아버지는 그냥 라디오를 틀어놓고 누워서 듣곤 하시는데, 이제는 노래를 따라 부르시는 것을 좀처럼 보질 못한다.

TV 애니메이션

컬러TV 시대가 되자, TV 애니메이션(만화영화)이 아이들에게 신세계를 열어주었다. 물론 흑백TV 시대에도 TV 애니메이션이 인기가 있었지만, 애니메이션의 가장 큰 장점인 화려한 색상을 느낄 수 없었던 탓에 아이들이 느끼는 감동은 훨씬 덜했다. 이 시대 애니메이션은 거의 100퍼센트 일본에서 수입되었는데, 일본은 훨씬 전에 이미 컬러로 방영하고 있었다. 우리나라는 컬러TV가 보급된 1980년대에야 컬러 애니메이션을 볼 수 있었고, 그전에는 흑백으로 볼 수밖에 없었다.

강릉은 당시에는 서울과 문화적 격차가 제법 있어서 이를테면

1970년대에는 MBC나 TBC 방송을 공중파로 보기 어려웠고, 케이블을 통해서 그나마 볼 수 있었다. 따라서 재미있는 애니메이션이 많이 나왔던 MBC나 TBC의 콘텐츠를 접하기 어려워 소문으로나 들을 뿐이었다. 어쨌든 그런 암흑기를 거쳐 컬러TV 시대가 도래하자 드디어 그 격차가 적어도 이 부분에서는 없어졌다.

개인 경험으로 보자면, 소년기의 애니메이션은 부지불식간에 가치관에 상당히 영향을 준다고 믿는다. 그런 의미에서 특별히 「미래소년 코난」과 「은하철도 999」를 언급하지 않을 수 없다.

「미래소년 코난」은 중학교 시절에 방영되어 선풍적인 인기를 끌었다. 에너지가 고갈된 가까운 미래를 보여주며 환경에 대한 경고를 담은 이 작품은 그 후 모든 애니메이션에 큰 영향을 주었다고 평가받는다. 감독인 미야자키 하야오는 "어린이의 하루는 어른의 10년과 같다"면서 작품 하나하나가 어린이에 미칠 영향을 생각하여 심혈을 기울인 것으로 알려졌다(『지브리의 천재들』, 스즈키 도시오, 포레스트북스).

그의 철학은 이후로 그의 모든 작품에서 거의 유사한 메시지를 보여준다. 인간이 환경을 어떻게 대할 것인가, 산업화한 세상에서 인간의 삶은 어떠해야 할 것인가, 에너지는 어떤 의미인가 등 수많은 질문을 던지는 이 마스터피스(masterpiece, 명작)는 초중등 학생들에게 아직은 큰 의미가 없어 보이는 내용이었지만, 성장하면서 다시금 곱씹어야 하는 것이 되었다. 나중에, 아직 일본 문화가 개방되기 이전에 몇몇 대학에서 이 감독의 영화 상영회와 토론회 등이 열리기도 했다는 점에서 이런 생각이 개인적인 것만은 아니었다는 것이 확인된다.

「은하철도 999」는 과학과 기술을 최고의 가치로 여기던 일본(그리고 한국)에서 어린이들에게 많은 영향을 주는 작품이 되었다. 우주로 나아간다는 의미에서 말이다. 그러나 움직이지 않고 먹기만 해서 거대 인간이 되어버리거나, 인간성을 회복하기 위해 기계를 파괴한다는 내용 등은 어느 정도 검열을 통해 걸러낸 후 방영되었음에도 어린이들에게 그 이상의 의미를 주었다고 생각한다. 나는 이미 청소년이 되어 이 애니메이션을 보고 있었는데도, 곳곳에 스며 있는 비관주의적 세계관이 자못 의미심장하게 느껴졌다. 그렇지만 원작자가 종종 군국주의를 긍정적으로 묘사하고 또 괴짜로 알려진 마쓰모토 레이지-「우주전함 야마토」, 「하록 선장」 등 우주 전쟁물을 주로 발표했다-란 것을 고려하면, 「은하철도 999」의 이러한 내용은 감독의 일관된 철학이라기보다는 극중 재미를 위한 장치가 아니었을까 다시 생각하게 된다.

그 외에도 많은 TV 애니메이션이 있었지만, 일일이 이야기할 것은 아닌 것 같다(극장 애니메이션은 다음에 조금 더 이야기할 것이 남아 있다). IP TV를 보면 지금도 수많은 TV 애니메이션이 쏟아지고 있어 틈나는 대로 찾아보곤 하지만, 작품성이 앞에서 언급한 애니메이션의 수준에 못 미친다는 생각이 드는 것은 내가 나이가 들어서인지 혹은 정말 현대의 애니메이션이 작품성이 떨어져서인지 확신이 안 선다. 아마 감성이 무뎌진 전자의 영향이 더 크지 않을까? 안타까우면서도 한편으론 다행이라고 생각해 본다.

강릉의 극장 이야기

강릉은 1980년 당시 인구 10만이 좀 넘는 소규모 도시였다. 그러나 관광 도시이자 교육 도시로서 '아마도' 비슷한 규모의 다른 소도시에 비해 보고 즐길 거리가 많았다고 생각되며, 그중에는 당연히 극장도 있었다. 강릉에는 신영극장, 강릉극장, 중앙극장, 동명극장 등이 있었는데, 모두 집에서 걸어서 10여 분 거리에 있었다. 그래서 한 곳에 갔다가, 시간이 맞지 않으면 다른 곳으로 갈 수도 있었다.

사진에서 보는 것처럼 서울의 극장들은 좌석 번호가 있어서 지정된 시간에 지정된 자리에 앉아서 영화를 보았지만, 강릉에서는

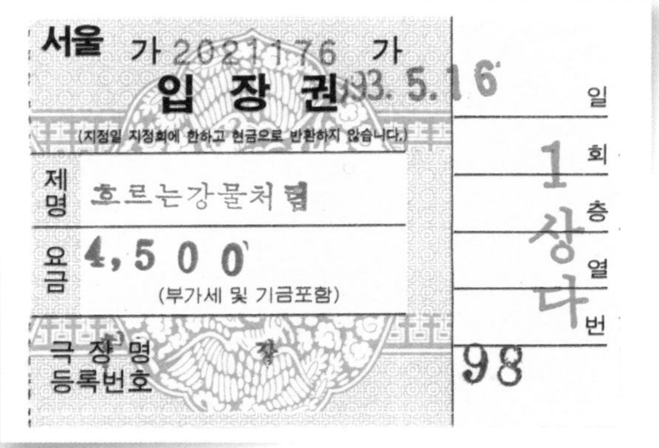

당시 전형적인 형태의 영화 입장권이다. 매표소에서 입장권을 끊으면 입구에서 직원이 펀칭해 주었고(나중에는 이렇게 절단하는 방식으로 바뀌었다), 이때 미성년자 확인 여부도 같이 진행했다. 고등학교 친구들은 청소년 입장 불가 영화를 종종 보러 갔는데 주민등록증을 항상 검사하는 것은 아니라서 가능했고, 일부러 눈감아 주는 경우도 있었다.

입장권을 사면 좌석번호가 따로 없어 먼저 앉는 사람이 임자였다. 그리고 한 번 들어가면 하루 종일 보고 있어도 누가 뭐라고 하지 않았다. 아저씨들이 뒤편에 앉아 담배를 피우는 것도 당연한 일이었기에 늘 안개가 낀 듯 자욱하고 매캐한 느낌이 있었다.

가끔 군인 아저씨들이 단체로 우르르 들어와 앉아서 영화 분위기를 해치기도 했지만, 나중에 내가 군복무 시절 '정말' 시간이 남아돌아 영화를 보러 갔을 때 그 아저씨들의 기분을 이해하게 되었다.

매 영화 시작 전에는 애국가를 틀어주어 모두 기립하고 몇 분을 서 있어야 했는데, 요즘 친구들이 그런 모습을 이해할 수 있을지 모르겠다. 애국가 이후엔 '대한뉴스'라는 것이 또 10여 분 나와서 가끔 야유가 터져 나오곤 했다. 대한뉴스는 정부의 선전물이라 재미는 없었지만, 한창 발전하고 있는 우리나라의 여러 곳을 보여주고 광고해서 종종 보면서 자부심을 느끼기도 했다.

신영극장은 강릉 시내 한가운데 교통의 요지에 위치해 있었다(출처: 옛날티브이, MBC강원영동). 왼쪽의 사진 밖으로 버스 정류장이 있었고, 오른쪽 벽 쪽에는 영화를 보고 걸어 내려오게 되어 있는 계단이 있었다. 멀리 보이는 건물이 영화관 외벽으로 상당히 큰 규모를 자랑했다. 간판은 장인이 직접 그려 올렸던 것으로 보이고, 이 사진에 올라간 「프로텍터」라는 영화 제목으로 보아 1985년에서 1986년 즈음으로 보인다.

극장의 규모로는 단연 신영극장이 제일 컸으며, 특히 시내 중심가의 버스 정류장-이 정류장은 시내와 시외로 오가는 버스가 대부분 지나가는 곳이었다 - 바로 옆에 있어서 아마도 가장 관람객이 많았을 것으로 생각된다. 큰 스크린이 지금도 생생히 기억나는데 여기서 성룡의 영화 「캐논볼」을 배꼽 빠지게 보았고, 단체관람으로 임권택 감독의 「아벤고 공수군단」을 보았다.

강릉극장은 상대적으로 소규모의 극장으로 여기서 「디어 헌터」를 본 기억이 있다. 형과 함께 보러 간 이 영화는 너무나 재미가 없어서 중간에 심지어 졸기도 했다. 나중에 이 영화가 주는 큰 의미를 알게 되었는데, 영화가 재미가 없었던 것은 주제 자체도 무거웠지만, 영화 검열-베트남 전쟁을 부정적으로 묘사한 탓에 당시 정부의 검열을 피할 수 없었다-로 인해 많은 부분이 잘려서 플롯이 제대로 연결되지 않았던 탓도 있었다.

동명극장은 강릉 남대천을 바로 건너면 있던 곳으로, 말하자면 재개봉관이었다. 이곳에서는 상대적으로 야한 영화도 많이 보여주곤 해서 고등학교 형들의 일탈 장소로도 소문이 났었다. 여기서 「월하의 공동묘지」-도대체 이 영화를 왜 보게 되었는지는 전혀 기억이 나지 않는다. 아마 동시상영 때문이 아니었을까 싶다-그리고 「스타워즈」를 본 기억이 있다. 재개봉관이었음에도 강릉에서는 이 극장에서 「스타워즈」를 처음 개봉했다. 이 영화를 보러 갔을 때 사람들이 영화관 안에 가득했고, 너무 재밌어서 한동안 푹 빠져 있었던 것 같다.

만화영화도 열심히 보러 갔다. 가장 기억이 나는 영화는 물론 「로보트 태권V」다. 「로보트 태권V」는 뭐랄까 약간은 식상한 레퍼토리일지도 모르겠다. 엔지니어인 내 또래의 회사 동료 중에는 「로보트 태권V」를 보고 과학기술자가 되기로 마음먹었다는 분들이 제법 있다. 나도 그중 한 사람이다.

「로보트 태권V」는 극장이 아닌 시민관이란 곳에서 보았던 것으로 기억한다. 시민관은 마치 서울의 세종문화회관같이 강릉 시민들을 대상으로 영화도 보여주고 공연도 하는 곳이었다. 고개를 들고 스크린을 통해 우러러보았던(?) 로보트 태권V에 완전히 마음을 빼앗겨 로봇에 깊이 빠졌고, 로봇으로 싸움을 하고 로봇으로 우주로 나가곤 했다. 태권V와 마징가Z가 싸우면 누가 이기는가로 진짜 싸움이 벌어지고, 소년지에 새로이 등장한 로봇이 자기 로봇인 양 자랑하곤 했다.

「로보트 태권V」로 대성공을 거둔 김청기 감독은 그 후 다양한 만화영화를 계속 제작했다. 그중 하나가 「황금날개 1.2.3.」이었다. 나는 이 만화영화에 심취한 나머지 황금날개 1호의 주인공이 되

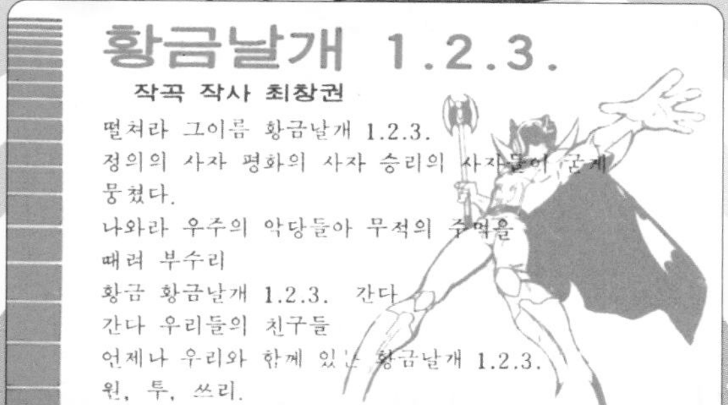

「황금날개 1.2.3.」 카드. 당시 극장에서는 영화 관람자에게 이런 카드를 나누어 주곤 했다. 멋진 그림의 황금날개 1.2.3. 그림에 흠뻑 취해 영화를 보고 있으면, 금세 만화영화 주제가를 익힐 수 있었다. 카드 뒷면에는 이렇게 주제가 가사가 적혀 있다. 당대의 유명한 뮤지컬 작곡가 최창권 선생님이 작사 작곡했다는 것도 나와 있다.

어서 망토를 휘날리며 언덕을 달리고, 멋진 로봇 황금날개 3호를 마음대로 부리는 최고의 주인공이 되곤 했다.

어른이 되어 그런 로봇의 원형 대부분이 일본에서 들어왔고 심지어 '황금날개'도 일본의 유명한 만화 「바벨 2세」와 크게 다르지 않다는 점을 알고 나서 실망한 적도 있었지만, 지금은 생각이 조금 바뀌었다. 일본은 우리보다 십수 년 혹은 수십 년 앞서가고 있던 나라였고, 우리나라는 모든 것을 따라 배우고 있었다. 일본의 잘못을 잊지는 말아야겠지만, 우리보다 앞서 있는 나라를 열심히 쫓아가려고 하는 것은 자연스러운 일일 것이다. 쫓아가면서도 자존감을 지킨다, 그 정도면 되지 않을까?

극장은 또한 중고등학생의 일탈 장소였는데, 고등학교 때 친구들은 야간자율학습을 '땡땡이치고'–최근에야 이 낱말이 지방마다 다른 뜻으로 쓰였다는 것을 알게 되었다. 강릉에서 '땡땡이치다'는 교실에서 몰래 나가 다른 짓을 하는 것을 의미했다– 종종 영화를 보러 가곤 했다. 겁쟁이였던 나는 그러지 못했지만, 용감한 녀석들은 가끔 탈출을 감행했다. 몇몇 녀석들이 「차타레 부인의 사랑」을 보고 와서 자랑했는데, 무척 부러워했던 기억이 난다.

1990년대 들어서면서 영화 시장이 외국에 개방되고, 멀티플렉스 영화관이 들어서면서 소규모 자본으로 운영되던 영화관 대부분이 문을 닫았다. 다양성 측면에서 무척 아쉬운 것은 분명하다. 강릉도 예외는 아니어서 개인이 운영하던 모든 극장이 문을 닫았다고 한다. 그나마 신영극장은 '독립예술극장 신영'이라는 이름으로 명맥을 유지하고 있다는 소식을 「씨네21」의 2020년 12월 기사에서 접하고, 한편으론 다행이면서 한편으론 얼마나 힘들게 버티고 있을까 안쓰러운 생각이 들었다. 정당하게 비용을 내고 영화를 보는 것만으로도 도움이 될 거라고 위안을 삼아본다.

프라모델 이야기

앞에서 '소년 잡지' 편을 통해 프라모델을 접한 이야기를 잠깐 언급한 바 있다. 프라모델은 소년의 삶에 (그리고 장년이 된 지금의 삶에도) 꽤 많은 영향을 주었다. 나는 조립식 프라모델을 아마 또래 아이들보다 좀 일찍 만들기 시작한 것 같다. 정확한 계기는 기억이 나지 않지만, 한전집 형들과 같이 만들던 조그만 모형 비행기가 거의 처음이 아니었나 싶다. 초등학교 1, 2학년 시절이었다. 어머니가 상당히 반대하셨지만, 아버지나 형님은 관대한 편이었기에 용돈이 생길 때면 사서 만들곤 했다.

가끔은 친구들을 불러서 같이 만들기도 하여 친구들 사이에서

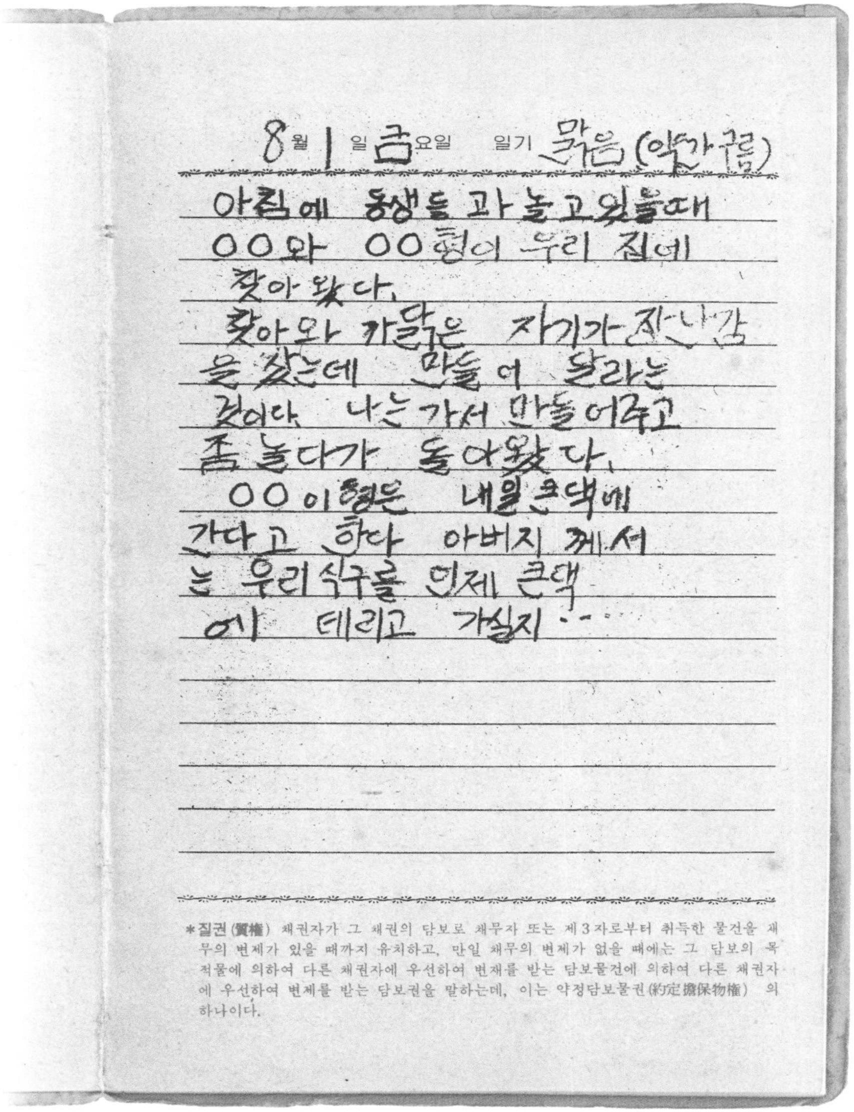

8월 1일 금요일 일기 맑음(약간 구름)

아침에 동생들과 놀고 있을때
OO와 OO형이 우리 집에
찾아 왔다.
찾아온 까닭은 자기가 장난감
을 샀는데 만들어 달라는
것이다. 나는 가서 만들어주고
좀 놀다가 돌아왔다.
OO이 형은 내일 큰댁에
간다고 한다 아버지 께서
는 우리식구를 언제 큰댁
에 데리고 가실지···

*질권(質權) 채권자가 그 채권의 담보로 채무자 또는 제3자로부터 취득한 물건을 채무의 변제가 있을 때까지 유치하고, 만일 채무의 변제가 없을 때에는 그 담보의 목적물에 의하여 다른 채권자에 우선하여 변제를 받는 담보물권에 의하여 다른 채권자에 우선하여 변제를 받는 담보권을 말하는데, 이는 약정담보물권(約定擔保物權)의 하나이다.

1980년 8월 1일 일기

도 소문이 났다. 1980년 8월 1일 일기에는 친구인 종훈이가 조립식 장난감을 만들어 달라고 집에 찾아왔다고 쓰여 있다.

'소년 잡지' 편에서도 이야기했지만, 서울에는 프라모델을 취급하는 곳이 많고 새로나백화점같이 해외 수입품을 취급하는 곳도 있었다. 하지만 강릉은 당연히 그렇지 않았으며, 그 차이는 상당했다. 강릉에는 아카데미과학-프라모델 제조회사 아카데미와 이름이 같았다-이라는 모형 가게가 있었는데, 인자한 젊은 부부가 조그맣게 운영하는 곳이었다. 여기에도 가끔 일제 프라모델이 들어오긴 했으나 너무 비싸서 살 수는 없었고, 상자만 열어보고 감탄만 하곤 했다. 1980년대 후반 들어 태양과학이라는 도매점 형태의 취급점이 시내에 생기면서 이곳은 소년들의 성지가 되었다.

『소년 생활 대백과』(현태준, 휴머니스트)에 따르면, 우리나라에서 판매되는 대부분의 프라모델은 일본에서 먼저 만들어진 후 그 금형을 가져와서 재생산한 것이었다. 이 책에서 알게 되었는데, 금형뿐만 아니라 상자의 그림까지도 그대로 베꼈다고 한다. 다소 충격이긴 했지만, 앞에서도 이야기한 것처럼 거의 모든 분야에서 일본을 따라가던 시절이었던 만큼 어느 정도 수긍은 한다. 『소년 생활 대백과』에는 그런 와중에도 독자적으로 국산화를 위해 노력하셨던 분들의 이야기가 실려 있다. 잘 눈에 띄진 않지만, 많은 분들이 노력했을 것이라는 것은 의심할 필요가 없다. 국산화와 기술 독립 같은 것은 단번에 되는 것이 아니기 때문이다.

만들어 본 것 중에 특별히 기억나는 몇 가지 프라모델이 있다. 1974년 아카데미에서 발매한 아톰 보트(사실은 마린보이 보트), 1975년에 초판을 발행한 아카데미의 우주미사일장갑차, 1979년에 대흥과학에서 발매한 아이젠보그호, 1980년에 발매한 아카데미의 건담, 1981년에 발매한 아카데미의 유보트, 1984년에 발매한 아카데미의 휠드 카(이상 발매 정보 등은 『소년 생활 대백과』 기준 등이다)…. 물론 소년들이 꼭 만들어 보고야 마는 타이거 I 전차와 M4 셔먼 전차는 두 번씩은 만들어 보았을 것이다.

내가 소년이었을 때는 만화와 더불어 프라모델 만들기가 일종의 좋지 않은 잡기로 여겨져 구박을 받기 일쑤였다. 나 역시 박스 하나를 사면 그것을 즐기기 전에 어머니에게 어떻게 하면 들키지 않을까를 먼저 걱정했다. 부모님은 그런 장난감을 뭐 하러 만드느냐고 하셨고, 나는 이건 '조립식'이라며 장난감이 아니라고 항변하곤 했다. 용돈이 모이면 프라모델뿐만 아니라 이것저것 '장난감'도 틈틈이 샀는데, 그럴 때마다 늘 어머니로부터 혼이 나야 했다. 나 자신도 사지 않으려고 꽤 노력했으나 잘 안 되었던 것 같다. 고1 당시의 일기에는 그 모습이 다음과 같이 적혀 있다.

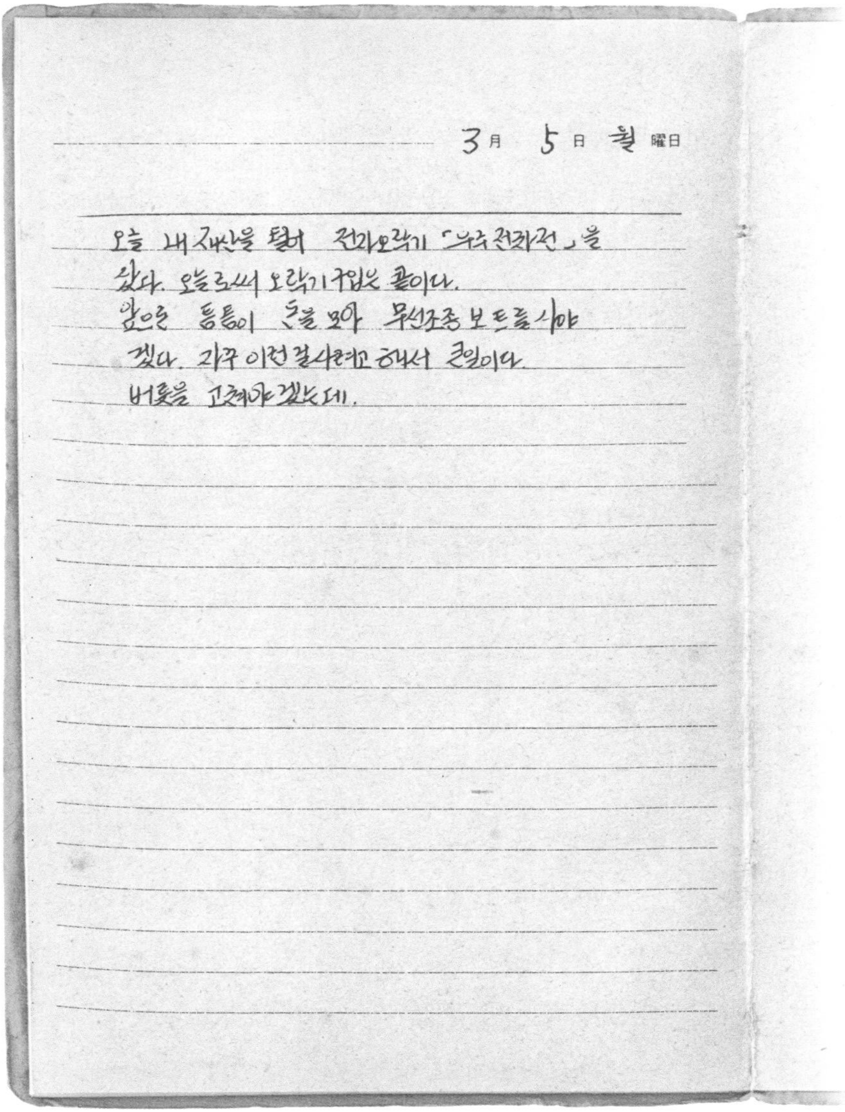

1984년 3월 5일 일기

아래 사진에서 보는 것같이 우리나라의 프라모델도 점점 품질이 좋아졌고, 일본 제품과 유사한 수준으로 발매된 아카데미의 건담은 당시 선풍적인 인기를 끌었다. 건담을 만들어서 사진과 같이 연출해 보기도 했다. 사진 찍기에 서툴러서 초점이 잘 맞지 않았다. 나는 이 제품이 국내에서 최초로 발매된 건담이라고 생각했으나

건담을 만들어 집 처마에서
떼어낸 고드름과 함께
연출해 보았다.
공부 안 하고 이런 것들로
시간을 보냈다는 게
믿기지 않지만, 그렇게
스트레스도 풀고 분위기도
바꿔보려고 노력했던 것 같다.
그때 만든 건담은 당연히
없어졌으나 사진은 남아
그때를 추억하게 한다.

『소년 생활 대백과』에 따르면 건담은 이미 1980년에 국내에 발매가 되었고, 내가 만든 것은 1986년에 발매된 Z건담이었다.

프라모델에 대한 인식은 시간이 흐르면서 조금씩 바뀌었고, 그 증거가 바로 프라모델 잡지의 창간이었다. 프라모델이 그저 장난감이 아니고, 하나의 독립된 취미로 여겨지기 시작한 것이다. 1990년대 초반에 창간된 「취미가」는 이 분야의 대표적인 잡지로 다양한 내용으로 꾸몄고 전쟁사도 곁들여 읽는 재미가 쏠쏠했지만, 아직 저변이 충분하지 않아 결국 폐간되고 말았다. 나에게 몇 권의 「취미가」가 있는데, 지금도 심심하면 열어 보곤 한다.

프라모델 만들기는 이제 특히 어른들 사이에 마니아층이 생기고, 하나의 취미로 확실히 자리 잡고 있다. 상대적으로 적은 비용으로 즐길 수 있는 좋은 취미다. 문제는 시간이 없다는 것인데, 인생의 아이러니가 아닐 수 없다. 값싸게 여길 취미는 하나도 없는 듯하다. 뭐든지 깊어지면 가치가 생기는 것 아닐까?

아버지의 40만 원

프라모델 만들기는 무선조종 취미로 이어졌다. 프라모델을 만들던 아카데미사가 1980년대 중반에 우리나라에서는 최초로 RC(Radio Control) 자동차를 판매하기 시작했다.

물론 이전부터 일제 무선조종 제품들이 국내에 수입되고 있었다. RC 자동차를 비롯해 RC 비행기와 RC 헬리콥터도 수입되었는데, 사용자는 극히 일부에 국한되었다. 일반인들이 즐기기엔 가격이 너무 비싸 마니아들의 취미일 수밖에 없었기 때문이다. 그러나 시간이 갈수록 조금씩 저변이 넓어지면서 지방의 프라모델 가게에서도 RC 제품들이 진열되기 시작했고, 수요도 점점 늘어나면서 가격이 조금씩 낮아졌다. 다만, 제품의 수준에 따라 가격이 천차만별이었다. 엔진이나 알루미늄 섀시 부품으로 만든 자동차도 있었지만, 가격이 아주 비쌌다. 비행기는 바로 만들어서 날릴 수가 없고 연습이나 전문가 도움이 필요했으므로 역시 접근하기 어려웠다. 프라모델보다 조금 더 수준이 높은 모터와 배터리를 사용하는 자동차가 그나마 가격이 낮았고, 가게에 진열도 가장 많이 되었다.

아카데미사에서 발매한 최초의
RC 자동차 Galaxy Buggy 조립설명서 표지

이에 국내 최대 프라모델 제조사인 아카데미에서, 그렇게 조금씩 늘어나는 수요에 대응하고자 RC 자동차를 선보인 것이다. Galaxy buggy라는 이름의 자동차였다(이 자동차는 다음에 말하게 될 타미야사의 Grasshopper 제품을 거의 그대로 복제해 발매한 수준이었다). 이즈음 일반 학교에서는 과학기술을 장려하는 차원에서 무선 모형 경주대회 같은 것도 열리기 시작했다. 나는 대회에는 나가지 않았는데, 사실 이런 대회를 좀 우습게 생각했던 것 같다. 내게는 이미 무선조종 모형 자동차가 있었기 때문이다.

틈틈이 프라모델을 만들고 있던 나는 앞에서 설명한 대로 프라모델 가게에서 다른 사람들보다 먼저 무선조종 자동차를 접했고, 조금 더 앞서서 구매할 기회가 있었다. 강릉에서 내가 제일 처음은 아니었겠으나 아마도 또래의 평균보다는 좀 더 일찍 이 놀라운 문물을 접한 것은 틀림없다.

무선조종 자동차의 선구 제조사는 적어도 동양에서는 일본 회사 타미야(Tamiya, 프라모델의 선구 제조사이기도 했다)였고, 어느 날 놀랍게도 이 회사의 제품이 강릉의 프라모델 가게에 전시되었다. 나는 부모님을 졸라 이 자동차를 구매했다. Datsun 280ZX로 닷선은 일본 닛산 자동차의 한 브랜드 이름이다. 이 자동차는 앞에서도 언급했지만, 기본적으로는 보통의 프라

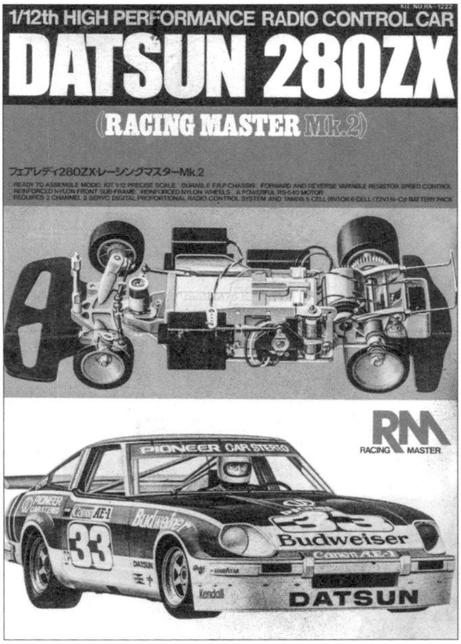

타미야사의 RC 자동차 Datsun의 조립설명서 표지. 오래되어서 오른쪽 아래로 기름 얼룩이 그대로 남아 있다.

모델과 유사하나 주행이 목적이어서 더 튼튼하게 만들어졌고, 성능이 더 좋은 모터로 구동되었다. 기록을 찾아보니 1980년 일본에서 처음 판매했는데, 2~3년 만에 우리나라에도 수입이 되었던 것 같다.

나는 조립을 하면서 일본의 기술 수준에 감탄해 마지않은 기억이 있다. 정확한 맞춤과 깔끔한 스폰지 타이어 등 그 놀라웠던 느낌은 지금도 생생하다. 여담이지만, 이런 일본의 기술력은 지금도 세계 최고 수준이나 그 영향력은 예전 같지 않다. 기술력만으로는 무언가가 부족한 것이다. 공학을 하는 사람으로서 그 시사하는 바는 크다고 생각한다.

무선조종이라는, 당시에는 정말 최첨단의 취미를 접하고 여기에 흠뻑 빠지면서 나에게 공부는 뒷전이 되었다. 그런데도 부모님은 별말씀이 없었는데, 아마도 이런 취미가 공대를 가고 싶어 하는 나에게 도움이 될 거라고 생각하셨던 것 같다. 실제로 그랬다고 할 수 있다. 결국 자동차 회사에 들어오게 되었으니 말이다.

나는 누군가에게 자랑하지는 않고 혼자 이 무선조종 자동차를 가지고 공설운동장 주차장 같은 데를 찾아가서 조종하곤 했다. 그런데 모터라서 속도가 생각보다 빠르진 않았다. 더 큰 문제는 아주 낮은 차고 때문에 굉장히 평평한 아스팔트 길이 아니면 주행이 거의 어려웠다는 점이다. 그래서 성능이 더 좋고, 평평하지 않은 길에서도 주행할 수 있는 차를 찾기 시작했다. 그러던 차에 일본에 타미야 말고 쿄쇼(Kyosho)라는 회사가 있으며, 여기에서 나오는 자동차가 엔진으로 구동하고 속도가 말도 안 되게 빠르며 트럭같이 차고도 높아 아무 길에서나 주행이 가능하다는 것을 알게 되었다.

문제는 가격이었다. 40만 원이나 한다는 것이었다. 장난감 취급을 받던 이런 차를 사기 위해 이 정도의 거금을 쓴다는 것은 정말 말도 안 되는 일이었다. 40만 원이라면 지금도 적은 돈이 아니다. 그렇지만 그 차가 계속해서 내 머리에 맴돌았고, 갖고 싶어서 병이 날 지경이었다. 결국은 부모님께 조르기 시작했는데, 당연히 처음에는 정신 차리라는 꾸지람만 돌아왔다. 그런데도 포기하지 않고 계속 조르니 아버지가 손을 드셨다.

지금 생각하면 아버지는 나에게 기대가 크셨고, 이 정도 투자로 큰 인물이 될 수 있다면 가족이 조금 더 고생하면 된다고 생각하셨던 것 같다. 그렇게 해서 어느 해 겨울, 강남고속버스터미널에 도착해 택시를 타고 신촌으로 갔다. 그리고 당시 쿄쇼의 제품을 판매하던 스카이 모형이라는 곳에서 마침내 그 자동차를 살 수 있었다.

나는 꽤 쌀쌀했던 그날, 그 프라모델 가게 안에서, 그 자동차를 갖고 싶어 애가 타던 아들을 위해 모든 것을 해주셨던 아버지를 기억한다. 나는 아버지가, 좀 할인이 안 되겠냐고 물어보시고, 낡은 외투 안쪽에서 봉투를 꺼내 다시 세어보시던 그 만 원짜리 돈다발을 선명히 기억한다. 그렇게 철이 없던 아이를 위해 당시 한 달 월급 수준이었을 그 큰돈을 쓰셨던 날이다. 그래도 아버지는 내가 좋아하는 모습을 보고 좋아하셨고, 어머니한테 잘해드리라고 말씀하셨던 것도 기억한다. 어머니는 끝까지 반대하셨는데, 금액을 생각하면 너무나 당연한 일이었다. 아들에 대한 기대로 그 큰돈을 쓰셨던 아버지의 기대에 나는 잘 부응했을까? 그렇지는 않은 것 같지만, 아버지의 사랑은 지금도 잘 느껴지며 늘 감사하고 죄송하게 생각한다.

과학기술자가 될 거예요

1980년대 후반 즈음에는 내 또래의 많은 남자아이들이 공대에 가는 것을 당연하다고 생각했고, 나 역시 그러했다. 그러나 그런 생각이 굳어지고 점점 그쪽으로 관심을 두었던 것은 여러 가지 일들이 켜켜이 쌓여서 그렇게 된 게 아닐까?

아버지는 박봉에도 꾸준히 책을 사다 주셨는데, 당시에는 이른바 '문고'를 소장한 집의 아이는 뭐랄까, 꽤 '잘난 척'을 할 수 있었다. 내 친구 중에는 영도네나 남득이네가 책이 많았다. 우리 집은 작은 방에 책을 놓을 공간이 별로 없었는데도 아버지가 책을 자주 사 오셨다. 그중 압권은 '계림문고'였다.

아래 사진은 당시 계림문고를 홍보하던 전단지로 책이 모두 250권이라고 되어 있다. 나는 250권이 나온 것은 기억 못 하지만, 우리 집에 있던 100권은 기억한다(이 책들은 이사하거나 빌려주면서 결국은 모두 사라져 버렸다). 계림문고는 당대의 거의 모든 장르를 망라했

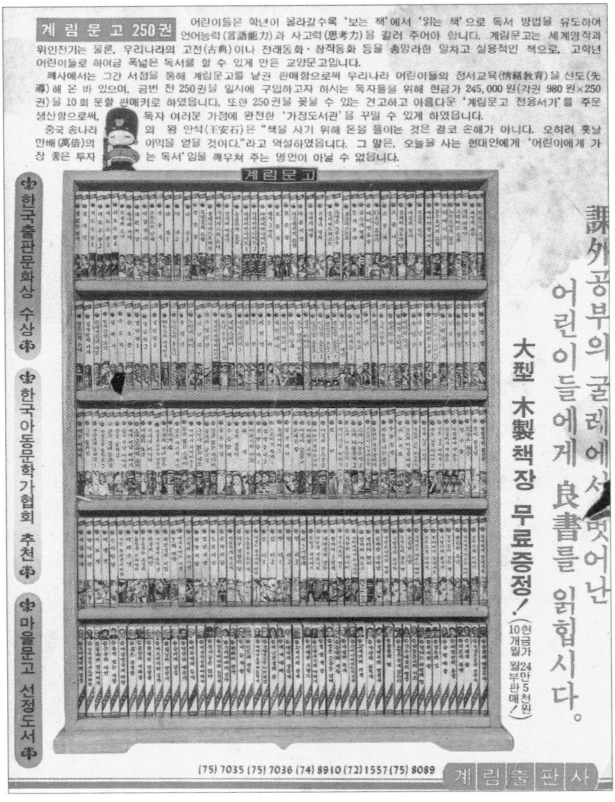

계림문고 홍보 전단지

다. 아가사 크리스티의 추리소설, 한국이나 일본의 기이한 괴담류, 『제인 에어』 같은 명작들, 심지어 『캔디』 같은 하이틴 소설도 포함되어 있었다. 그러나 내가 밤새워 읽은 책들은 그보다는 SF와 모험 소설이었다. 『15소년 표류기』 같은 소설로 바다 모험을 꿈꾸고, 『해저 2만 리』와 『우주전쟁』 같은 소설로 미지의 세계와 미래를 상상해 볼 수 있었다.

그러나 내가 SF에 더욱 심취하게 된 것은 초등학교 4학년에 올라가면서였다. 4학년 1학기 때의 교실이 학교 도서실로도 쓰이던 교실이라 –당시에는 오전 오후 2부제 수업을 할 정도로 학교 공간에 여유가 없어서 도서실이 따로 없었다– 상대적으로 책을 읽을 기회가 많았다.

인생은 그 사람의 의도와 관계없이 만들어지는 상황에 따라 엄청나게 달라질 수 있다. 우연히 도서실이 교실이 된 덕분에 접하게 된 책은 내 인생에 큰 영향을 주었다. 내가 몇 달에 걸쳐 읽었던 굉장히 두꺼웠던 책은 SF 소설을 묶은 것이었는데, 거기에는 아이작 아시모프의 『로봇』, 필립 K. 딕의 『화성인』, 허버트 조지 웰스의 『우주전쟁』이 포함되어 있었다.

어린 내 마음에 로봇과 화성인은 큰 충격이었다. 로봇은 인간에 반(反)할 수 없다는 3개의 법칙이 두고두고 기억에 남았다. 『화

성인』에서는 주인공이 로봇이라는 사실을 깨닫고 폭발하는 마지막 장면이 꿈에 나올 정도로 인상적이었다. 당시에는 이 작가들이 그렇게 유명한 사람인지도 몰랐고, 당연히 작가들 이름도 알지 못했다.

대학에 들어오고 나서 샀던 책과 영화를 보면서 '아, 이건 내가 그때 보았던 책 내용이랑 같은데?' 하며 그 이력을 찾아보다가 작가들을 알게 되었다. 그때 읽었던 SF 소설은 내 인생에서 생각하는 방식과 살아가는 자세에 영향을 미쳤다. 어쩌면 미래를 다소 비관적으로 보는 태도는 이때 만들어진 것이 아닌가 싶다. 물론 그런 부정적인 면 말고도, 인생관에 대한 스펙트럼을 넓힌 긍정적인 면도 있었다. 짧게는 당시 또래 친구들에게 자랑하고 아는 체하기 좋은 소재이기도 했다. 반 친구들은 아주 재미있게 내 이야기를 듣곤 했다.

중3이던 1983년, 아직 전교에서 공부를 좀 잘하던 나는 어느 날 과학 선생님의 호출을 받았다. 이유는 춘천–강원도 도청이 있고, 교육행정도 여기가 중심이었다–으로 과학 연수를 가라는 것이었다. 그 선생님은 좀 무서웠지만 그래도 내가 좋아하던 선생님이었다. 두 명의 후보 가운데 한 명만 가야 했는데, 뜻밖에도 결정 방식은 다음 일기에도 나와 있듯이 가위바위보였다. 나는 가위바

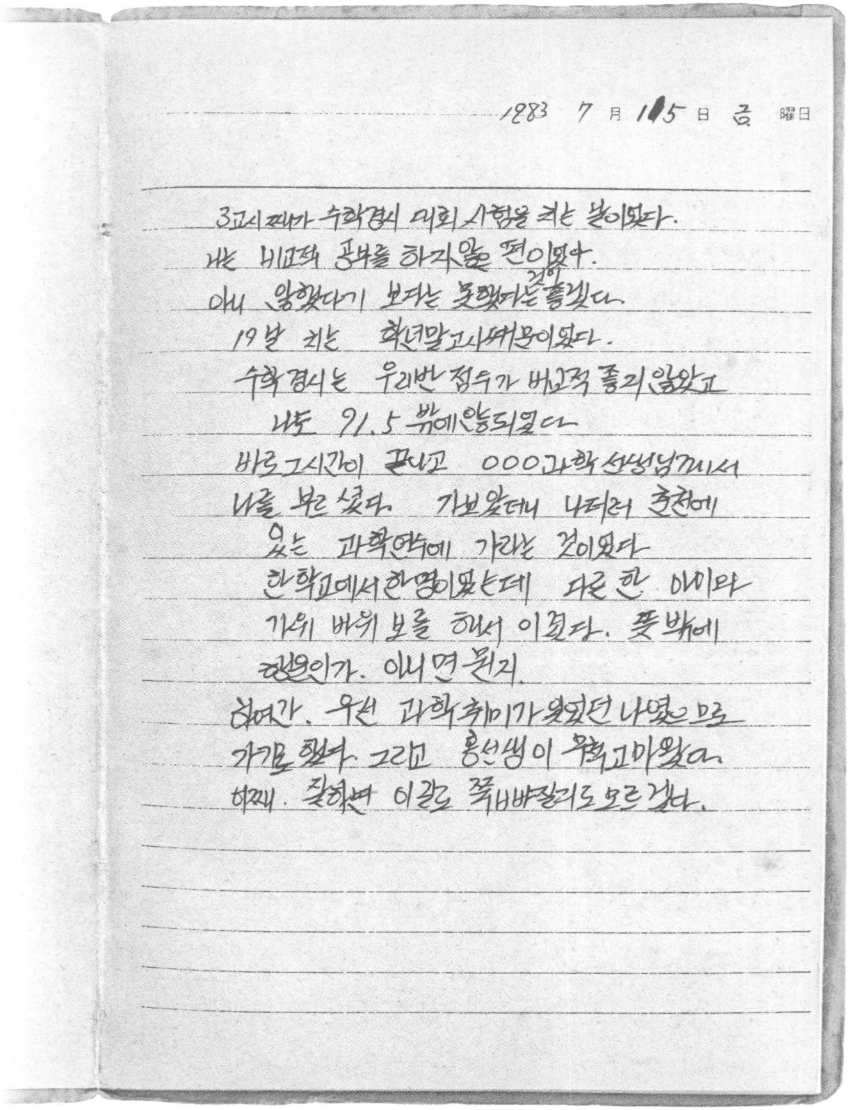
1983 7月 15日 금 曜日

3교시 째가 수학경시 대회 시험을 치는 날이었다.
나는 비교적 공부를 하지 않은 편이었다.
아니 안했다기 보다는 못했다는 것이 옳겠다.
19날 치는 학년말고사 때문이었다.
수학경시는 우리반 점수가 비교적 좋지 않았고
나도 91.5 밖에 안되었다
바로 그 시간이 끝나고 OOO 과학 선생님께서
나를 부르셨다. 가보았더니 나더러 춘천에
있는 과학연수에 가라는 것이었다
한 학교에서 한 명이었는데 다른 한 아이와
가위 바위 보를 해서 이겼다. 뜻밖에
행운인가. 아니면 뭘지.
하여간. 우선 과학 취미가 있었던 나였으므로
가기로 했다. 그리고 홍선생이 무척 고마웠다.
하지만. 잘하면 이걸로 쭉 바빠질지도 모르겠다.

1983년 7월 15일 일기

위보를 영 못하는 편이었는데, 그날따라 이겨서 춘천으로 과학 연수를 가게 되었다. 학교에서 책으로만 배우던 실험 같은 것을 직접 해보는 프로그램이 많았고, 하루는 서울로 가서 천체관측 체험도 할 수 있었다. 강릉 촌놈이 춘천에서 한 새로운 경험은 내 인생에 두고두고 남는 기억이 되었다.

다시 돌이켜 보아도 그 수많은 작은 일들이 지금 엔지니어로서의 나를 만드는 데 일조했음이 틀림없다. "나는 과학기술자가 될 거예요"라고 어느 순간 선언한 게 아니라도 말이다. 그 덕분에 적어도 직업인으로서의 나는 후회는 하지 않는 삶을 살게 되었다. 감사한 일이다.

선생님은 무서웠다

매년 5월 15일 스승의 날이 되면 스승의 은혜에 감사하고, 기억에 남는 선생님의 미담이 나오고 하는 것이 그날의 모습이다. 그러나 나의 기억에는 그렇게 감사한 선생님보다 아이들을 때리던 무서운 선생님이 더 많이 기억난다. 스승이나 은사보다는 그냥 평범하게 아이들을 사랑해 주는, 그런 인간적인 선생님을 기대하고 그것이 평균이 되어야 한다고 생각해 본다.

오로지 대학을 가야 한다는 하나의 목적으로 운영되었던 고등학교, 또 그 고등학교를 가기 위해 운영되었던 중학교. 그 시절은 뭐랄까 점점 더 재미없던 청소년 시절로 결론지어졌고, 선생님들 또

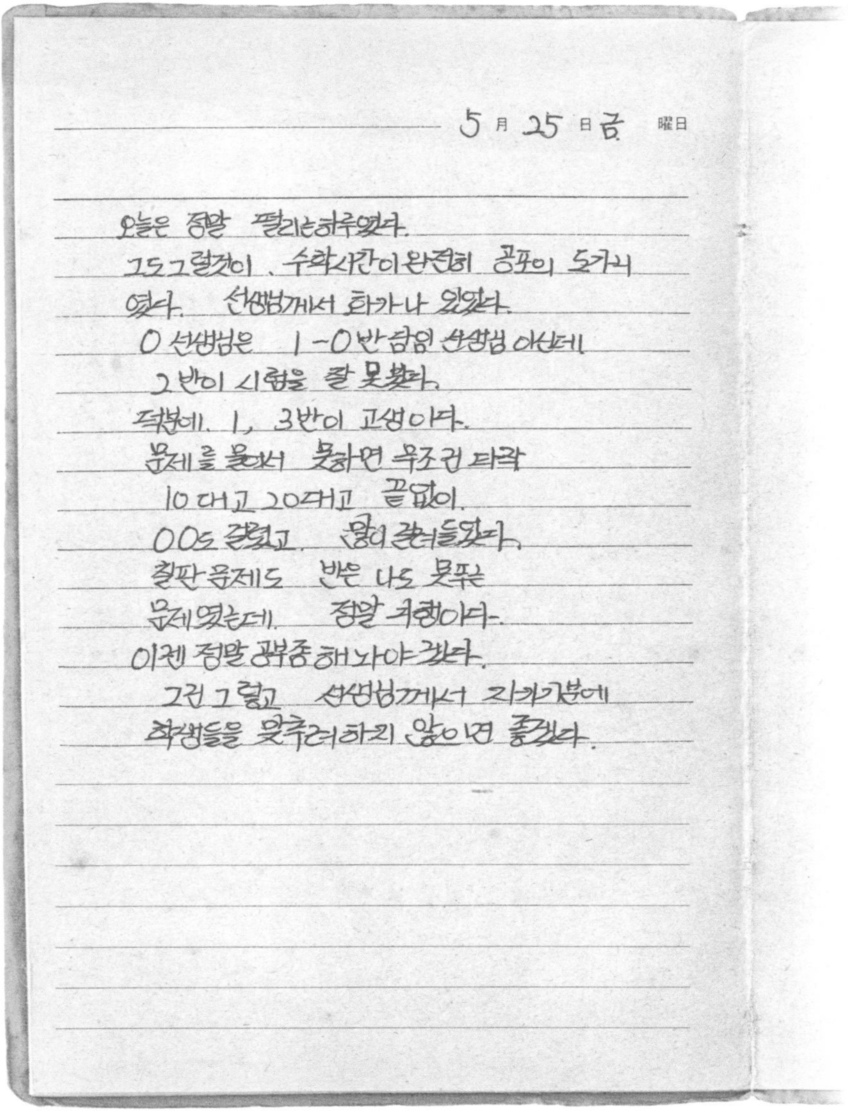

5月 25日 금 曜日

오늘은 정말 떨리는 하루였다.
그도 그럴것이 수학시간이 완전히 공포의 도가니
였다. 선생님께서 화가 나 있었다.
0 선생님은 1-0반 담임 선생님 이신데,
2반이 시험을 잘 못봤다.
덕분에 1, 3반이 고생이다.
문제를 물어서 못하면 무조건 따악
10대고 20대고 끝없이.
00도 걸렸고 많이 걸려들었다.
칠판 문제도 반은 나도 못푸는
문제였는데. 정말 큰일이다.
이젠 정말 공부좀 해봐야 겠다.
그건 그렇고 선생님께서 자기기분에
학생들을 맞추려하지 않으면 좋겠다.

1984년 5월 25일 일기

한 그러했다. '사랑의 매'란 없었으며, 틀린 문제 수대로 매를 대거나 단지 아이들의 기를 잡으려고 매를 대는 것이 거의 일상인 시절이었다.

고1 때였던 5월 25일의 일기는 이렇게 시작한다. "오늘은 정말 떨리는 하루였다." 지금 일기를 다시 읽어보니 적잖이 표현을 자제했다는 느낌이 든다. 당시에는 아마 일기의 표현보다 훨씬 더 심하게 마음이 괴로웠을 것이다. 나뿐만 아니라 다른 친구들도 대부분 비슷한 생각을 하고 있었을 것이다.

그럴 수만 있다면, 당시의 모든 '나'에게 위로를 해주고 싶다. 그리고 지금 우리 아이들은 나중에 "선생님은 무서웠다"가 아닌 "선생님을 좋아했다"로 기억하는 사회가 되기를 소망해 본다.

여름방학, 겨울방학

아버지의 근무지를 따라 강릉에 정착하긴 했지만, 아버지의 고향인 제천에는 아직 할머니가 생존해 계셨다. 할아버지가 일찍 돌아가신 탓에 아버지는 할머니에게 극진하셨고, 그 덕분에 우리 가족은 여름방학과 겨울방학엔 어김없이 할머니를 뵈러 제천으로 가곤 했다. 보통의 직장을 가진 가장이었다면 어려웠겠지만, 학교 선생님이었던 아버지는 방학 동안 시간을 낼 수 있었다.

방학 때 친척 집에 가는 것은 초등학생들에겐 일종의 로망이었다. 당시 소년 잡지에는 방학에 시골 친척 집에 놀러 가서 사고 치는 주인공들의 이야기를 담은, 길창덕 선생님 같은 유명한 만화가

263

길창덕 선생님의 만화 「쭉쟁이」(소년중앙 1981년 1월호). 주인공 쭉쟁이가 나무에 걸려 있다. 이 정도는 아니었지만, 할머니 댁에 가면 산으로 다니고 활쏘기도 하면서 당시에는 정말 모험이라 할 만한 시간을 보냈다.

의 만화가 어김없이 등장했다. 그래서인지 친구들은 할머니 댁에 가는 내가 꽤 그럴듯한 모험을 할 것이라고 부러워하곤 했다.

물론 만화에서만큼은 아니지만, 어느 정도의 모험이 있었던 건 사실이다. 1980년 8월 9일 일기에는, 아버지는 빼고 먼저 할머니 댁으로 갔던 이야기가 적혀 있다. 강릉에서 제천까지 가는 것은 생각보다 불편했다. 버스가 생기기 전에는 영주를 지나가는 기차로 거의 10시간을 가야 했다. 버스가 생긴 후에 그 시간은 4시간대로 줄었지만, 원주에서 버스를 갈아타고 다시 제천에서 버스나 택시를 타야 했다. 일기에 적은 대로, 예매제도가 잘 되어 있지 않아 많은 수의 가족이 타려면 버스표가 모자라서 곤란을 겪곤 했다. 어린아이들을 데리고 다녔던 부모님은 꽤 힘드셨을 것이다.

할머니 댁은 당시에는 정말 산골이었는데 제법 평평한 곳에 자리 잡고 있었고, 산과 논, 밭 그리고 작은 개울이 흐르는 예쁜 동네였다. 교통편이 불편했어도 일단 도착하기만 하면 도시와는 다르게 계절별로 아이들이 놀 곳과 놀거리가 지천에 있었다. 말로만 듣던 가재를 잡거나, 칼싸움을 하거나, 닥나무로 만든 활로 활쏘기를 하거나, 소나무 껍질로 돛단배를 만들기도 했다. 겨울에는 토끼를 쫓거나, 썰매를 타거나, 벼를 다 베어낸 논에서 연날리기를 하거나, 하다못해 술래잡기를 해도 동네 전체가 숨을 곳이었다.

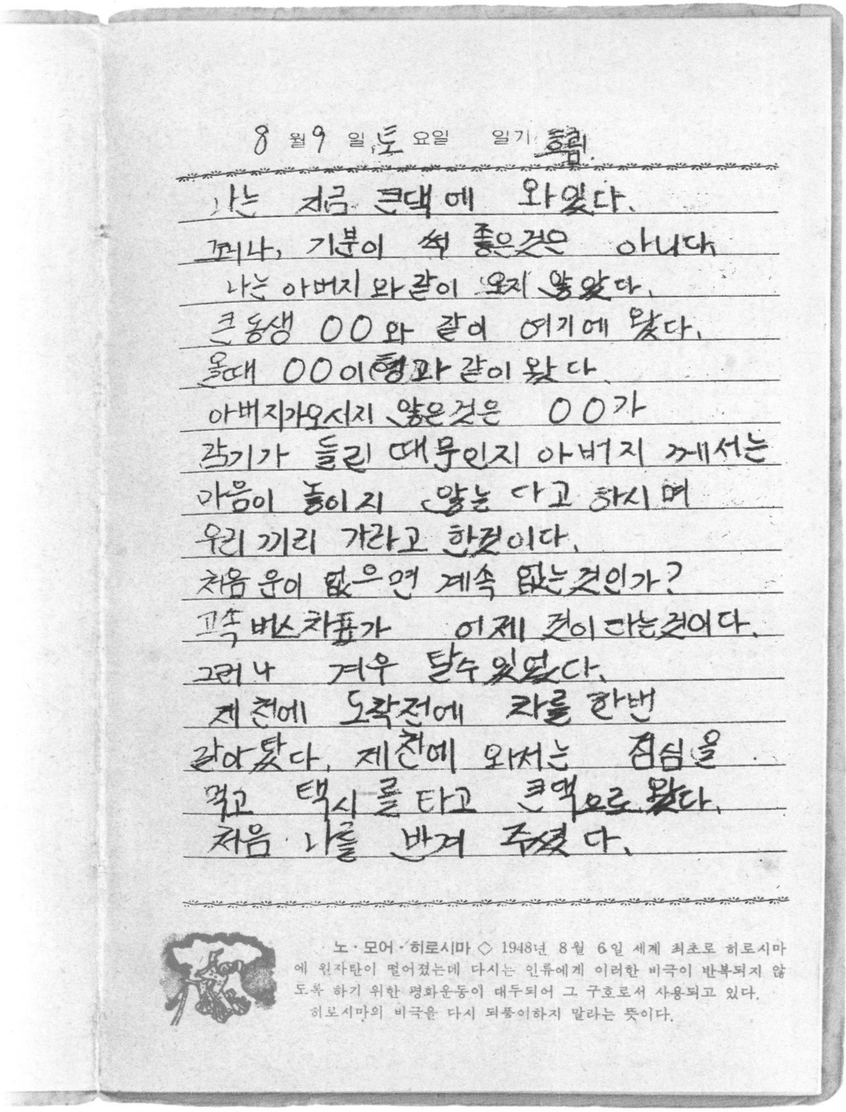

8 월 9 일 토 요일 일기 흐림

나는 처음 큰댁에 와있다.
그러나, 기분이 썩 좋은것은 아니다.
나는 아버지와 같이 오지 않았다.
큰동생 OO와 같이 여기에 왔다.
올때 OO이 형과 같이 왔다
아버지가 오시지 않은것은 OO가
감기가 들린 때문인지 아버지께서는
마음이 놓이지 않는 다고 하시며
우리 끼리 가라고 한것이다.
처음 운이 없으면 계속 없는것인가?
고속버스 차표가 이제 것이라는것이다.
그러나 겨우 탈수 있었다.
제천에 도착전에 차를 한번
갈아탔다. 제천에 와서는 점심을
먹고 택시를 타고 큰댁으로 왔다.
처음 나를 반겨 주셨다.

노·모어·히로시마 ◇ 1948년 8월 6일 세계 최초로 히로시마에 원자탄이 떨어졌는데 다시는 인류에게 이러한 비극이 반복되지 않도록 하기 위한 평화운동이 대두되어 그 구호로서 사용되고 있다. 히로시마의 비극은 다시 되풀이하지 말라는 뜻이다.

1980년 8월 9일 일기

아직 전기가 들어오지 않았기 때문에 밤에 집 밖으로 나오면 정말 아무것도 보이지 않았다. 그래서 길을 가려면 반드시 랜턴을 들고 다녀야 했다. 밤에 화장실에 갈 때는 꼭 어머니 아버지를 부르거나, 사촌 형들에게 같이 가자고 해야 할 만큼 무서웠다. 겨울에 쪼그리고 앉아서 볼일을 보려면 사타구니로 찬바람이 너무 몰려와서 얼얼했던 기억이 있다.

사진에 보이는 기와집의 가운데 마당을 두고 ㅁ자로 사랑채가

앞에 보이는 기와집과 함석지붕 집이 할머니 댁이었다. 옆으로 산, 논과 밭이 있었고, 앞에는 작은 개울도 흘렀다. 원래 초가집이었는데, 어느샌가 기와집으로 바뀌었다. 멀리 산이 보이는 쪽이 단양 방향이다.

둘러싸서 잘 수 있는 방이 꽤 있었지만, 설날에는 워낙 많은 식구가 모여서 남자는 남자끼리, 여자는 여자끼리 잠을 자야 했다. 어머니는 오랜만에 만난 친척들과 밤새도록 이야기를 하시곤 했다. 여름에는 모기로 잠을 설쳤고, 겨울에는 너무 추워서 이불을 뒤집어써야 했다. 그래도 어머니는 그때가 즐거웠고, 걱정이 없었다고 하신다.

추석에 할머니 댁에 가면 아버지는 사촌 형들을 데리고 옆에

할머니 댁 뒤채 모습이다. 나무와 흙벽으로 지었다. 흙벽은 짚으로 엮었고,
방 안벽은 먼저 신문지를 바르고 그 위에 창호지나 벽지를 발랐다.
겨울에는 엄청나게 추워서 잠잘 때 이불로 머리까지 덮고 자야 했다.

있는 산으로 '나무를 하러' 가셨는데, 작고 큰 나무들을 벌목해 와 자르고 도끼질을 하여 겨우내 쓸 땔감을 마련했다. 모든 방은 구들장으로 되어 있어 나무를 때면서 가마솥에 물을 끓이고, 그 불로 방바닥을 데웠다. 방바닥은 너무 뜨거운 부분(아랫목)과 너무 차가운 부분이 항상 있었는데, 부모님은 장판이 까맣게 탄 아랫목에 우리를 재우셨다.

방을 나오면 마루가 있고, 마루 바로 아래에 가마솥이 있어서 좀 위험하기도 했다. 한번은 동생의 발이 가마솥에 빠져 큰일이 날 뻔한 적도 있었다. 믿거나 말거나 말이다.

큰아버지에 대한 기억

강릉 우리 집에 늘 오시는 분 중에 특히 큰아버지를 빼놓을 수가 없다(37쪽 1980년 6월 6일 일기 참조). 큰아버지는 언제나 한복을 정장으로 차려입고 연중 2~3회 전국의 친척 집을 순회하셨고, 우리 집에 오실 때는 항상 주무시고 가셨다. 방이 세 개인 집으로 이사한 후에는 그나마 괜찮았지만, 방이 두 개인 한전집에서 살 때는 사실 민폐나 다름없었는데 아버지는 물론 어머니도 마다하는 내색은 하지 않으셨던 것 같다.

큰아버지는 유학을 공부하신 우리 세대 마지막 유학자이기도 했다. 고지식하고, 양반 상놈을 따지는 옛날 사람이었으나 점잖고

예의를 중요하게 생각하셨다. 유교의 가르침대로 큰아버지는 여행을 시작하거나 마친 후에는 늘 사당에서 간단하게 제사를 지내셨다.

(할머니 댁 뒤편에는 사진과 같이 사당이 있었다. 모든 곳이 놀이의 대상이었던 아이들에게도 이곳은 접근 불가의 장소였고, 무언가 무서운 곳이 아닌가 하는 느낌도 있었다. 조상을 모신다는 말은 아마 이런 의미였을 것이다).

작은 사당이 집 뒤편에 이렇게 세워져 있었다. 큰아버지는 여행을 다녀오시기 전후에 이곳에 절을 하셨다(사당에는 신주를 모시고 있었다). 새해가 되면 모든 식구가 여기에서 제례를 지냈다.

전형적인 유생이라서, 말하자면 특별히 벌이가 있으셨던 것은 아니다. 큰댁에서 농사를 지으면 그 소출이 아마 소득의 전부였을 것이기에 경제적으로 넉넉하지는 않으셨던 것 같다. 설날에 세배를 드리면 겨우 5원씩을 주시곤 했는데, 워낙 세배하는 손아랫사람이 많으니 어쩔 수 없었을 것이다. 그래도 여행을 잘 다니셨고, 술도 좋아하셨다.

커피믹스가 유행하기 시작하던 80년대 중반에는, 오시면 늘 커피를 찾으셨다. "지우야, 내가 여기 오면 무엇이 필요하겠느냐? 그렇지! 코피 내오너라" 이렇게 말씀하셨다. 그러면 물론 어머니가 커피를 준비하셨다. 큰댁에서는 매년 쌀 한두 가마니를 보내오셨는데, 어른들 사이에서는 그것으로 여행경비를 양해하신 것이 아닌가 싶었다.

할머니에 대한 기억

사진첩에서 우연히 발견한 이 사진은 내가 가진 할머니의 인상을 잘 보여준다. 비교적 이른 나이에 혼자가 되셨지만, 아들딸을 시골에서 잘 키워내서 살아계실 때 수많은 손자 손녀, 고손까지도 보고 돌아가셨다. 내가 기억하는 한 항상 지팡이를 짚고 계셨는데, 지금 어머니가 지팡이 없이 걷기 힘드신 걸 보면 그 시골에서 그러고도 온갖 집안일을 잘도 하셨다. 우리 식구가 왔다 가면 거의 5리나 되는 길을 배웅 나오시곤 했는데, 그 기억이 특별히 생생하다.

초등학교 5학년 즈음, 할머니가 잠시 우리 집에 와 계신 적이

할머니는 지팡이를 쥐고 이렇게 마당에 앉아 계시곤 했다.
이 집은 둘째 큰아버지 댁이었는데, 지금은 현대식 양옥으로 바뀌었다.

있었다. 다들 나름의 자기 생활이 있었던 탓에 그렇게 할머니랑 친하게 지냈던 것 같지는 않다. 그래도 저녁에 할머니가 들려주셨던 해님 달님 이야기가 우연하게도 녹음이 되어, 할머니 육성을 지금도 다시 들어볼 수 있다. 그 옛날 이야기를 듣고 있노라면, 다시 그 시절로 스르륵 날아간다.

할머니 댁에 오면, 할머니는 나랑 동생을 몰래 불러 벽장 안에 있던 엿이나 과자를 내어주곤 하셨다. 막내아들이었던 아버지를 특별히 사랑하셨고, 그 손자 손녀들도 버금가는 대접을 받았다. 그래서 어머니도 늘 할머니를 그리워하셨다.

할머니가 돌아가셨을 때, 할머니를 선산에 모시기 위해 상여를 메고 많은 분이 고개를 넘어 상당히 먼 길을 걸어갔다. 당시만 해도 시골에서 상여로 모시는 것이 특별한 일은 아니었기에 모든 식구가 따라갔다. 할머니와 사이가 좋았던 나였지만, 상여를 따라가면서 이상하게도 눈물이 나지 않았다. 그런데 그다음 해인가 다음다음 해인가 성묘를 하러 같은 고갯길을 넘어가는데 왈칵 눈물이 났던 것 같다.

기억은 현실 세계로 문득문득 튀어나오는데, 감사하게도 좋은 기억이 더 많이 튀어나온다. 어머니는 그런 게 그 사람의 심성 때문이라고 하셨다. 좋은 심성을 가진 사람은 나쁜 기억보다 좋은 기억을 더 많이 한다고.

일기에 남은 광주민주화운동

1980년! 1970년대를 넘어 뭔가 새로운 기대감이 있던 1980년에 나는 초등학교 6학년이었다. 당시 민주화에 대한 기대감과 함께 정치적인 불안이 전국에 있었을 것이다. 어른들은 느끼고 있었겠으나 초등학생이 그런 것을 알 턱이 없었고, 이미 광주에서 저항운동이 있던 시간인 5월 24일 나는 학교 조회에서 통일 글짓기 우수상을 받고 집에 돌아와 있었다. 그런 가운데 어머니는 서울에서 열린 친척 결혼식에 가셨다. 나는 5월 25일 일요일 뉴스를 통해 광주에서 뭔가가 일어났다는 것을 알게 되었는데, 그 내용이 일기에 적혀 있다.

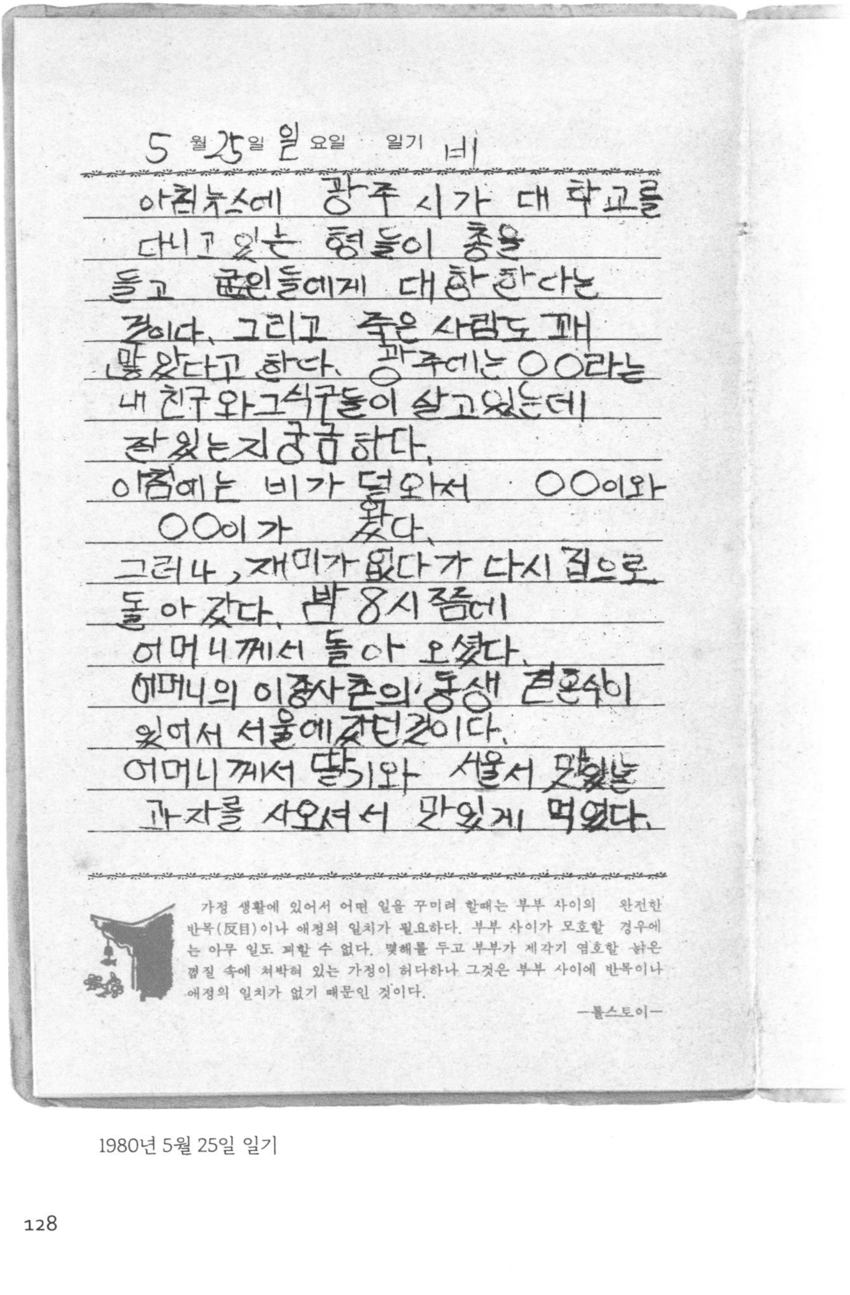

5월 25일 월요일 일기 비

아침뉴스에 광주 시가 대학교를
다니고 있는 형들이 총을
들고 군인들에게 대항한다는
것이다. 그리고 죽은 사람도 꽤
많았다고 한다. 광주에는 ○○라는
내 친구와 그식구들이 살고있는데
잘 있는지 궁금하다.
아침에는 비가 덜와서 ○○이와
○○이가 왔다.
그러나, 재미가 없다가 다시 집으로
돌아갔다. 밤 8시 쯤에
어머니께서 돌아 오셨다.
어머니의 이종사촌의 동생 결혼식이
있어서 서울에 갔던 것이다.
어머니께서 딸기와 서울서 맛있는
과자를 사오셔서 맛있게 먹었다.

가정 생활에 있어서 어떤 일을 꾸미려 할때는 부부 사이의 완전한 반목(反目)이나 애정의 일치가 필요하다. 부부 사이가 모호할 경우에는 아무 일도 피할 수 없다. 몇해를 두고 부부가 제각기 염호할 낡은 껍질 속에 처박혀 있는 가정이 허다하나 그것은 부부 사이에 반목이나 애정의 일치가 없기 때문인 것이다.

—톨스토이—

1980년 5월 25일 일기

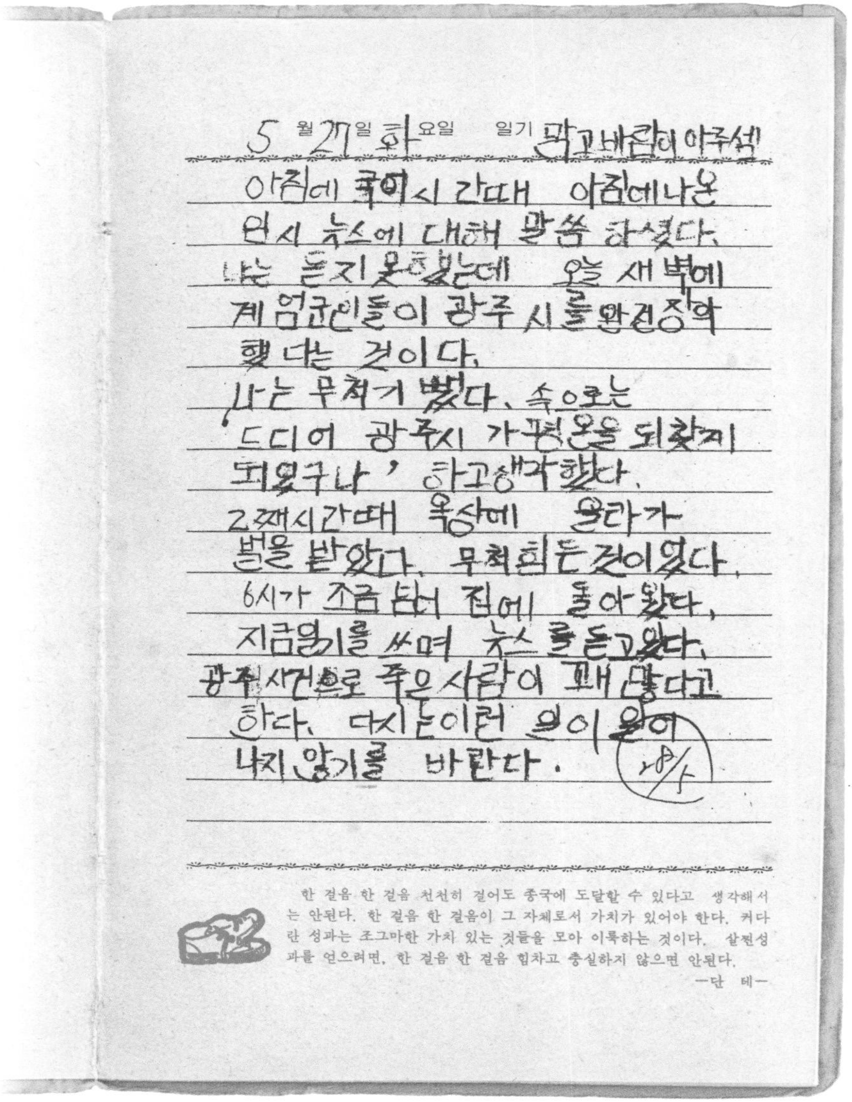
5월 27일 화요일 일기 맑고 바람이 아주 셈

아침에 국어시간때 아침에 나온 민시 뉴스에 대해 말씀 하셨다. 나는 듣지 못했는데 오늘 새벽에 계엄군인들이 광주시를 완전장악 했다는 것이다. 나는 무척 기뻤다. 속으로는 '드디어 광주시가 평온을 되찾게 되었구나' 하고 생각했다. 2째시간때 옥상에 올라가 벌을 받았다. 무척 힘든 것이었다. 6시가 조금 넘어 집에 돌아왔다. 지금 일기를 쓰며 뉴스를 듣고 있다. 광주사건으로 죽은 사람이 꽤 많다고 한다. 다시는 이런 일이 일어나지 않기를 바란다.

한 걸음 한 걸음 천천히 걸어도 종국에 도달할 수 있다고 생각해서는 안된다. 한 걸음 한 걸음이 그 자체로서 가치가 있어야 한다. 커다란 성과는 조그마한 가치 있는 것들을 모아 이룩하는 것이다. 살찐성과를 얻으려면, 한 걸음 한 걸음 힘차고 충실하지 않으면 안된다.

—단 테—

1980년 5월 27일 일기

다음 날인 5월 27일에는 '이 어린이'가 선생님의 입을 통해 광주가 '평온을 되찾았다'는 이야기를 듣고 무척 기뻐했다고 적혀 있다. 이상하면서도 웃기는 것은 그 와중에 학교는 응원 연습을 열심히 하고 있었다는 것이다. 아마 야구대회 응원 연습이었을 것 같은데, 어른들은 무슨 생각을 하고 있었을까 궁금하다.

일기에 적힌 '광주사건'이 우리 역사에서 그렇게 중요한 의미라는 걸 알게 되는 데는 한참이 걸렸다. 대학생이 되고 나서였으니까 말이다.

멸공 통일, 방공 방첩

앞에서 이야기했듯이, 내가 4학년까지 다니던 초등학교는 꽤 넓은 운동장을 가운데에 두고 직육면체의 본관과 그 좌우로 네 개 정도의 교실이 슬레이트와 함석지붕으로 덮인 한옥으로 된 역사가 오랜 학교였다. 운동장 양편으로는 축구 골대가 있고 한쪽 구석에는 모래로 된 씨름장이 있었으며, 본관 건물 맞은편으로는 플라타너스가 여러 그루 서 있었다. 그 플라타너스 밑에는 돌로 쌓은 축대를 따라 계단처럼 만든 관중석도 있었다. 운동회 같은 행사를 할 때면 사람들이 이 관중석에 앉아 구경하기가 딱 좋았다. 축대 아래에는 당시에 누구나 알고 있던 구호가 적혀 있

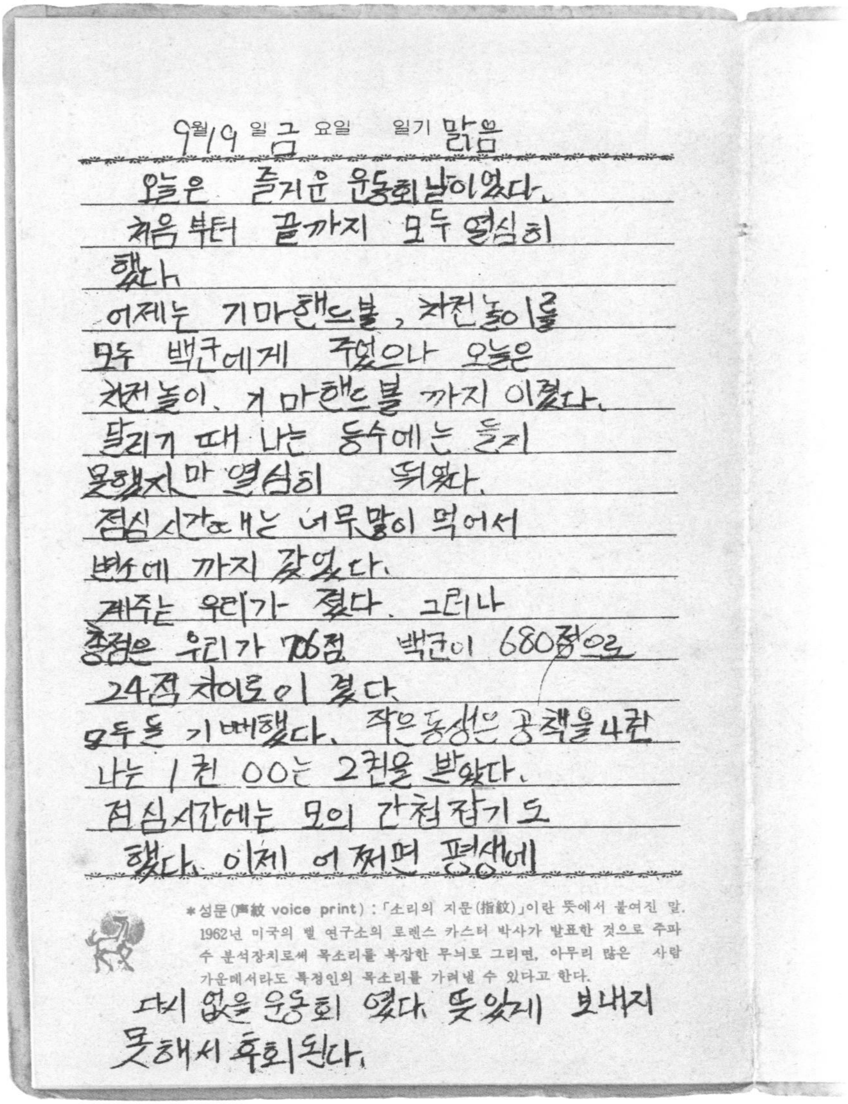

9월 19 일 금 요일 일기 맑음

오늘은 즐거운 운동회 날이였다.
처음 부터 끝까지 모두 열심히
했다.
어제는 기마핸드볼, 차전놀이를
모두 백군에게 주었으나 오늘은
차전놀이, 기마핸드볼 까지 이겼다.
달리기 때 나는 등수에는 들지
못했지마 열심히 뛰었다.
점심 시간때는 너무 많이 먹어서
변소에 까지 갔었다.
계주는 우리가 졌다. 그러나
총점은 우리가 706점 백군이 680점으로
24점 차이로 이겼다.
모두들 기뻐했다. 작은동생은 공책을 4권
나는 1권 OO는 2권을 받았다.
점심시간에는 모의 간첩 잡기도
했다. 이제 어쩌면 평생에

*성문(声紋 voice print) :「소리의 지문(指紋)」이란 뜻에서 붙여진 말. 1962년 미국의 벨 연구소의 로렌스 카스터 박사가 발표한 것으로 주파수 분석장치로써 목소리를 복잡한 무늬로 그리면, 아무리 많은 사람 가운데서라도 특정인의 목소리를 가려낼 수 있다고 한다.

다시 없을 운동회 였다. 뜻있게 보내지
못해서 후회된다.

1980년 9월 19일 일기

었는데, '방공 방첩', '멸공 통일', '나는 공산당이 싫어요' 이런 것들이었다. 멸공 통일은 우리의 당면 소원이었고, 그것에 대해 의심하는 사람은 없었다. 웅변대회에서도, 미술대회에서도, 백일장에서도 멸공 통일은 중요한 주제였다.

가을 운동회에서도 마찬가지였다. 처음 시작할 때 네 군데 모서리에서 학생들이 뛰어나오면서 각각 '방공', '방첩', '멸공', '통일'을 외쳤다. 뛰어나오자마자 운동장에서 줄을 잘 맞춰 서야만 '멋있게' 보이기 때문에 이것만 밤낮으로 연습했던 기억이 있다. 여러 가지 게임도 했는데 계주는 기본이었고, 마지막에는 점수가 크게 걸린 차전놀이를 해서 청팀 백팀이 이 게임에 전력을 다했다. 게임 중에는 '간첩 잡기'란 종목도 있었다. 일기에 잘도 적어 두었는데, 믿지 못하겠지만 정말이다.

운동회 이야기

'오늘은 즐거운 운동회 날이었다.' 당연히 이렇게 시작하는 일기가 정상이겠다. 운동회는 초등학생들이 정말 손꼽아 기다리는 날이니까. 하지만 항상 그랬던 것은 아니다. 운동회에 온 외부 사람들에게 보여줄 무언가를 위해 꽤 힘든 연습을 해야 했다.

무슨 연습을 한다고 매일 운동장에서 곤봉체조를 한 적이 있는데, 심지어 토요일 내내 연습을 시켜서 아이들이 힘들어했다. 1980년 9월 9일부터 16일까지의 일기에는 이런 상황들이 적혀 있다. 당시엔 토요일은 오전에만 공부하고 하교를 하는 것이 정상이었으나, 운동회 연습 때문에 도시락까지 싸 갔다.

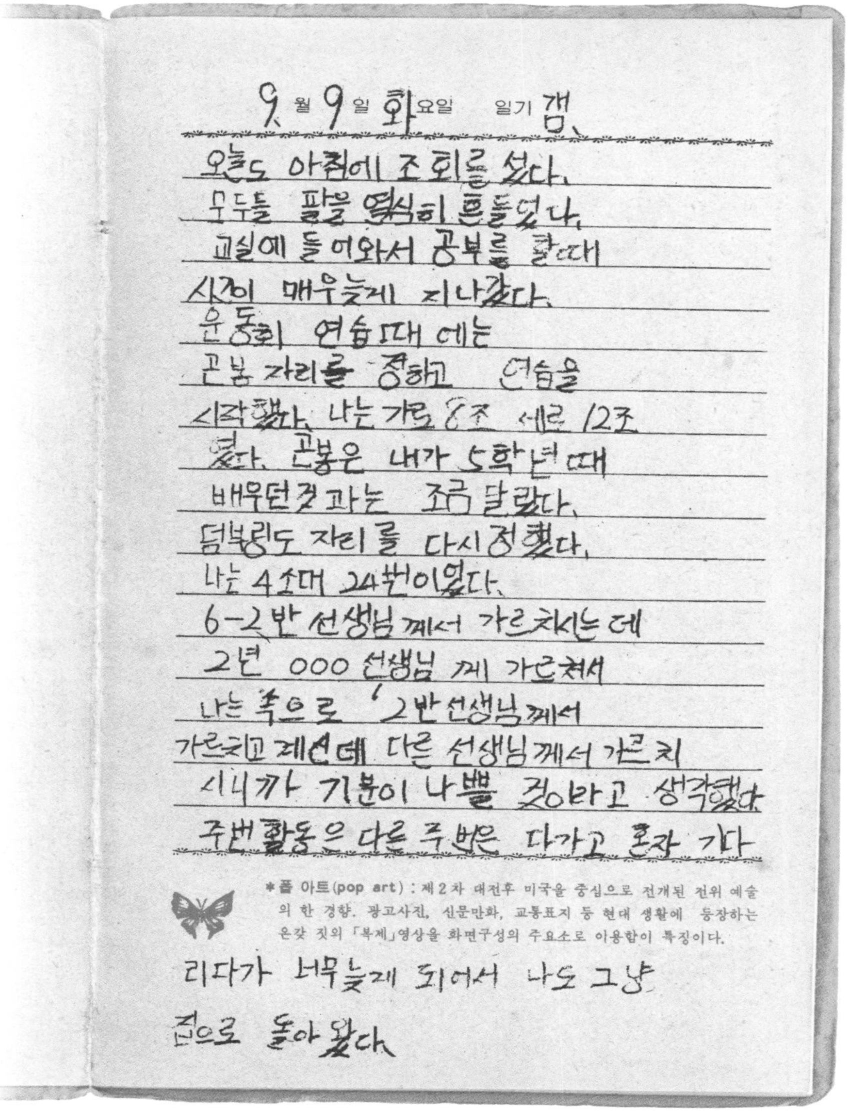

9월 9일 화요일 일기 갬.

오늘도 아침에 조회를 섰다.
모두들 팔을 열심히 흔들었다.
교실에 들어와서 공부를 할때
시간이 매우 늦게 지나갔다.
운동회 연습때에는
곤봉 자리를 정하고 연습을
시작했다. 나는 가로 8조 세로 12조
였다. 곤봉은 내가 5학년때
배우던것과는 조금 달랐다.
덤블링도 자리를 다시 정했다.
나는 4소대 24번이였다.
6-2반 선생님께서 가르치시는데
그런 000 선생님 께 가르쳐서
나는 속으로 '2반 선생님께서
가르치고 계신데 다른 선생님께서 가르치
시니까 기분이 나쁠 것이라고 생각했다.
주번활동은 다른 주번은 다가고 혼자 가다

*폽 아트(pop art) : 제2차 대전후 미국을 중심으로 전개된 전위 예술의 한 경향. 광고사진, 신문만화, 교통표지 등 현대 생활에 등장하는 온갖 것의 「복제」영상을 화면구성의 주요소로 이용함이 특징이다.

리다가 너무늦게 되어서 나도 그냥
집으로 돌아왔다.

1980년 9월 9일 일기

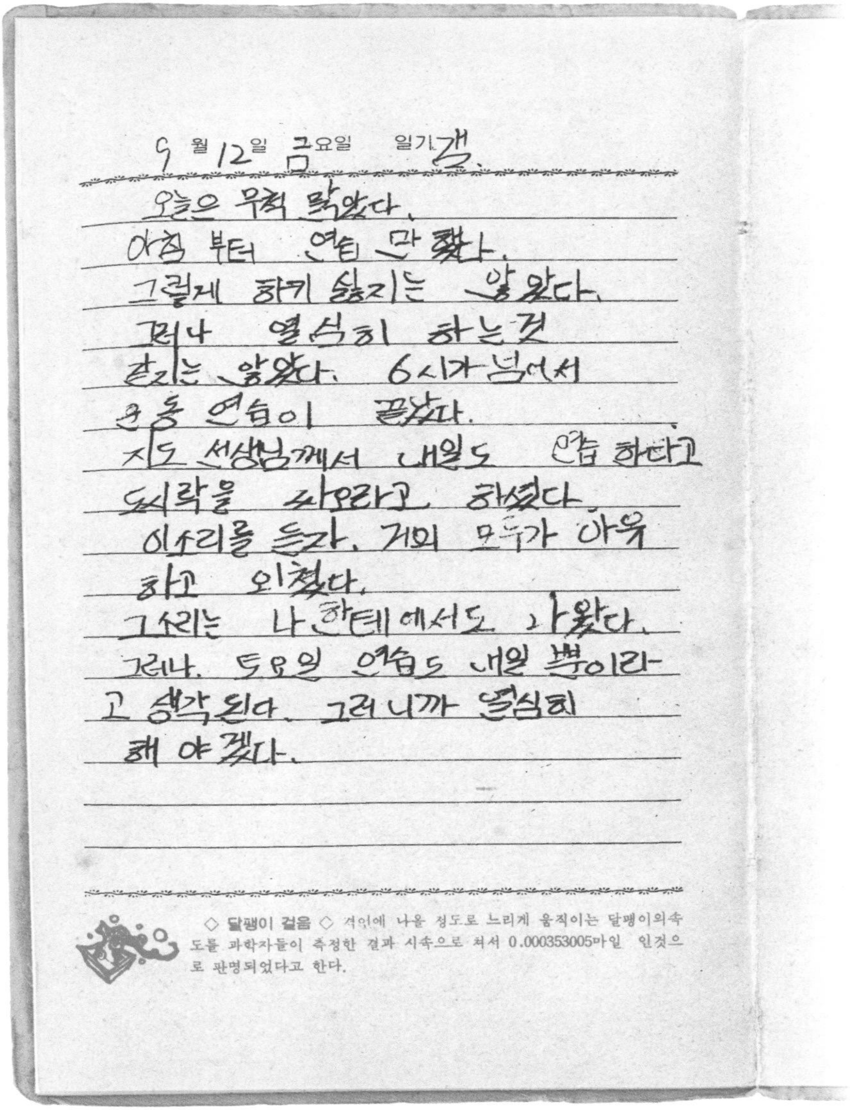

9월 12일 금요일 일기 갬.

오늘은 무척 덥았다.
아침 부터 연습 만 했다.
그렇게 하기 싫지는 않았다.
그러나 열심히 하는것
같지는 않았다. 6시가 넘어서
운동 연습이 끝났다.
지도 선생님께서 내일도 연습 한다고
도시락을 싸오라고 하셨다.
이소리를 듣고. 거의 모두가 아유
하고 외쳤다.
그소리는 나한테에서도 나왔다.
그러나. 토요일 연습도 내일 뿐이라-
고 생각된다. 그러니까 열심히
해 야겠다.

◇ 달팽이 걸음 ◇ 격언에 나올 정도로 느리게 움직이는 달팽이의속도를 과학자들이 측정한 결과 시속으로 쳐서 0.000353005마일 인것으로 판명되었다고 한다.

1980년 9월 12일 일기

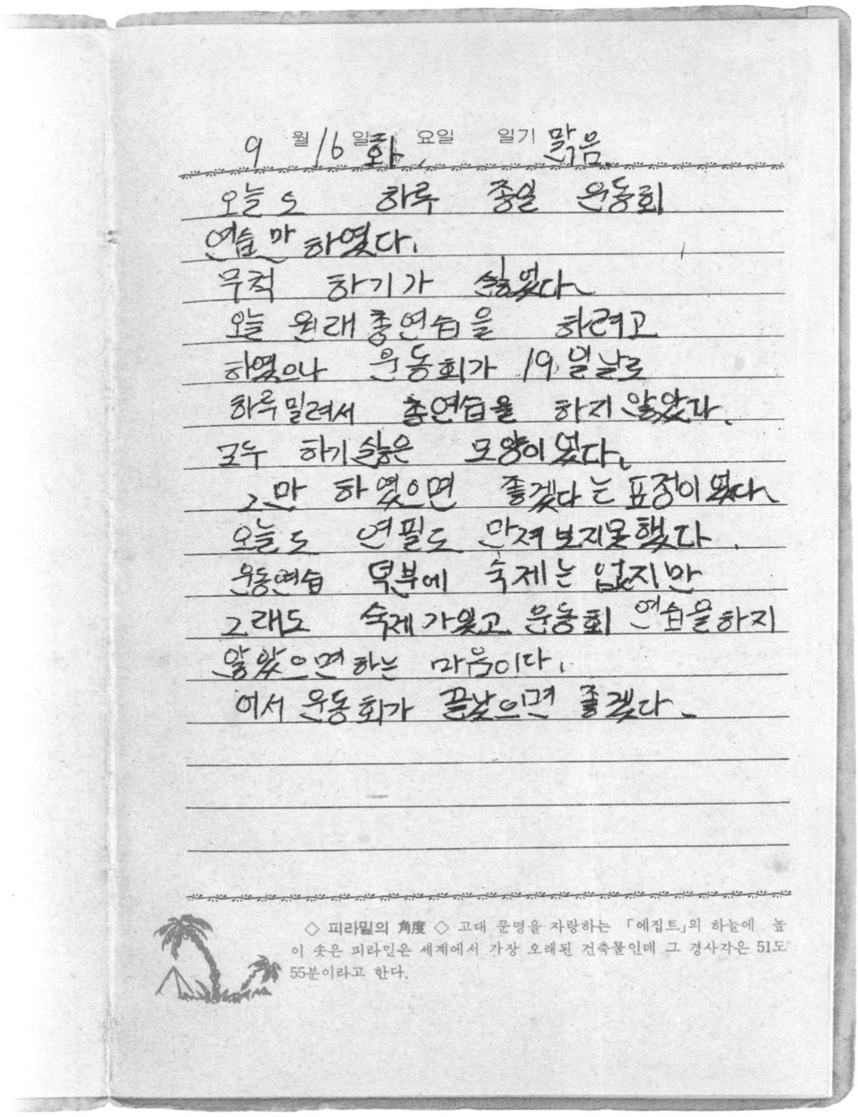
9 월 16 일 화 요일 일기 맑음

오늘도 하루 종일 운동회
연습만 하였다.
무척 하기가 싫었다
오늘 원래 총연습을 하려고
하였으나 운동회가 19일날로
하루 밀려서 총연습을 하지 않았다.
모두 하기 싫은 모양이였다.
그만 하였으면 좋겠다는 표정이였다
오늘도 연필도 만져 보지못했다.
운동연습 덕분에 숙제는 없지만
그래도 숙제가 있고 운동회 연습을하지
않았으면 하는 마음이다.
어서 운동회가 끝났으면 좋겠다.

◇ 피라밑의 角度 ◇ 고대 문명을 자랑하는 「에집트」의 하늘에 높이 솟은 피라밑은 세계에서 가장 오래된 건축물인데 그 경사각은 51도 55분이라고 한다.

1980년 9월 16일 일기

운동회에서 동네 어르신들이 달리기를 하고 있는 모습이다(출처: 옛날티브이, MBC강원영동). 바닥에 떨어져 있는 딱지를 찾아서 가져다주면 작은 상품을 주었던 것 같다. 왼편으로 학교 본관 건물이, 오른편으로 슬레이트 지붕 건물이 보인다. 나는 1, 2학년을 이 슬레이트 지붕 건물에서 공부했다.

운동회가 연기되어 하루 더 연습했고, 일기에도 선언하듯 적은 것처럼 연필조차 만져보지 못한 날도 있었다. 어린이들을 위한 운동회가 아니었음이 분명했다. 그다지 즐길 것이 많지 않던 시절이라 초등학교 운동회는 동네잔치였고, 학부모뿐만 아니라 할머니 할아버지들의 즐거운 구경거리가 되었다. 어르신들을 위한 게임도 했던 것으로 어렴풋이 기억하는데, 기록을 찾아보니 실제로 사진에서 보는 것같이 어르신들을 위한 달리기 경주 같은 것도 있었다. 땅바닥에 놓인 딱지를 찾아서 보여주면 노트나 볼펜 같은 간단한 상품을 주었다. 별것 아니었지만, 그렇게 구경하고 군것질도 하면서 특별한 하루를 보낼 수 있었다.

연탄보일러

아파트에 살고 있는 지금, 언제나 원하는 온도로 방을 따뜻하게 할 수 있는 환경을 종종 너무 당연하다고 생각하곤 한다. 하지만 예전에 대부분의 개인 주택은 보일러를 직접 가동해야 했고, 1980년대 후반에 보일러라는 것이 보급되기 전에는 그저 연탄으로 구들장을 가열하여 방바닥을 따뜻하게 하는 것이 전부였다.

집은 단열이 잘 안 되어 '웃풍'이라는 찬바람이 방 안 전체를 휘감곤 했다. 믿기 어렵겠지만 방 안에 수건을 널어두면 다음 날 아침에는 딱딱하게 얼어서 칼싸움을 할 수 있을 정도였다. 게다가 연탄 한 장으로는 하루 종일 방을 데울 수가 없기 때문에 밤중에

한 번은 연탄을 갈아주어야 했다. 그리고 그 책임은 대부분 어머니의 몫이었다.

연탄불로 직접 구들을 데우는 방식이어서 연탄가스 중독 위험이 상존했다. 냄새에 굉장히 예민하셨던 아버지는 중간에 한 번은 꼭 일어나서 냄새가 나지 않는지를 살피셨다. 사실 일산화탄소는 냄새가 나지 않기에 그런 것이 의미가 없었지만, 아버지는 최선을 다하셨다. 그것은 기우가 아니었고, 종종 연탄가스 중독으로 학교

연탄보일러(출처: 옛날티브이, MBC강원영동). 연탄 화덕 둘레나 뚜껑에 파이프를 둘러 그 안으로 돌아 흐르는 물이 뜨거워진 후 방으로 물이 흐르는 방식으로 방바닥을 데웠다.

에 오지 못하는 아이들도 있었다.

다행히 연탄보일러가 보급되고 나서 조금은 편해졌다. 연탄보일러라고 해봐야 기존 연탄을 더 많이 쌓아 올려서 더 오래 태우는 것에 불과했지만, 어쨌든 부모님들은 조금 더 편안한 밤을 보낼 수 있었다. 사진과 같이 보일러 위로 단열이 된 파이프를 연결해 뜨거워진 물을 방으로 보내도록 설계되어 있었다. 연탄불이 공기를 직접 가열하는 것이 아니라 뜨거운 물이 구들을 데우는 방식이었기 때문에 가스중독의 염려가 없어졌다는 것이 가장 중요한 점이라고 할 수 있다.

연탄보일러는 그러나 연탄이 연료라서 가을이나 겨울 초입에 어머니는 늘 연탄을 미리 장만해야만 했다. 김장김치를 준비하는 것보다 더 중요한 일이었다. 우리 동네 앞에는 '대성연탄'이라는 작은 규모의 연탄공장이 있어서 직접 연탄을 배달시키곤 하셨는데, 그 계절에는 모두가 연탄을 배달시켜야 해서 배달 일손이 모자라는 일이 생기곤 했다. 지금도 어머니가 손수레를 빌려서 그 무거운 연탄을 실은 손수레를 직접 끄시던 기억이 난다. 너무 무거워서 앞의 손잡이 부분이 들리곤 했는데, 그렇게 해서 수백 장을 장만하시면 그렇게 안도를 하셨다.

1980년 9월 20일 일기에는 500장의 연탄을 날랐다는 내용이

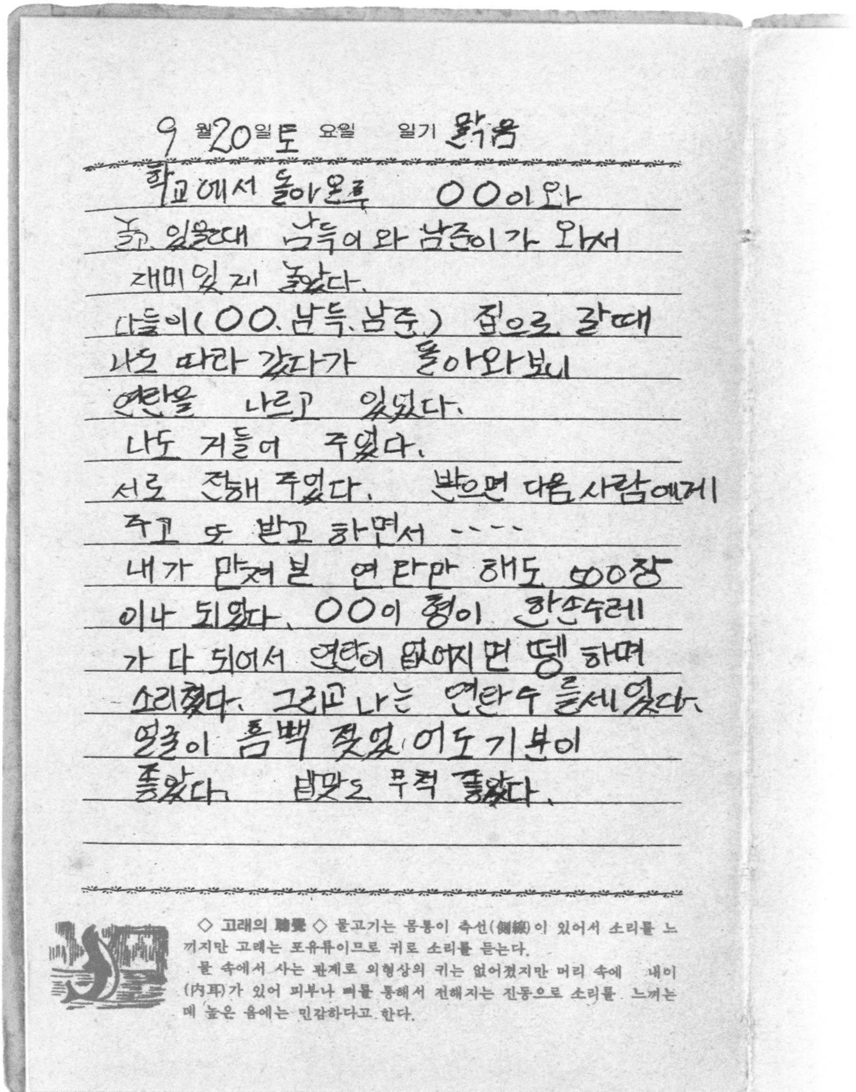

9 월 20일 토 요일 일기 맑음

학교에서 돌아온후 OO이와
놀고 있을때 남득이와 남준이가 와서
재미있게 놀았다.
다들이(OO, 남득, 남준) 집으로 갈때
나도 따라 갔다가 돌아와보니
연탄을 나르고 있었다.
나도 거들어 주었다.
서로 전해 주었다. 받으면 다음사람에게
주고 또 받고 하면서 ....
내가 만져본 연탄만 해도 500장
이나 되었다. OO이 형이 한손수레
가 다 되어서 연탄이 없어지면 땡 하며
소리쳤다. 그리고 나는 연탄수를세었다.
얼굴이 흠백 젖었어도 기분이
좋았다. 밥맛도 무척 좋았다.

◇ 고래의 聽覺 ◇ 물고기는 몸통이 측선(側線)이 있어서 소리를 느끼지만 고래는 포유류이므로 귀로 소리를 듣는다. 물 속에서 사는 관계로 외형상의 귀는 없어졌지만 머리 속에 내이(內耳)가 있어 피부나 뼈를 통해서 전해지는 진동으로 소리를 느끼는데 높은 음에는 민감하다고 한다.

1980년 9월 20일 일기

나온다. 500장이라니! 사촌 형님도 일손을 도왔나 보다. 열심히 돕고 나니 기분이 좋았다고 적어놓았다. 기억에는 전혀 없는데, 이런 착한 일도 했었나 보다.

2000년대를 넘어서자 이제 기름보일러가 보급되었고, 가스보일러도 보급되기 시작했다. 천연가스 설비가 아직 갖춰지지 않은 강릉의 우리 집은 지금은 기름보일러를 쓰고 있고, 연료로 쓰는 등유도 등유차가 와서 넣어준다고 한다. 부모님은 편하게 되었다. 기름보일러 위치는 연탄보일러가 있던 그 자리에 있다. 지하실을 채웠던 연탄가스 냄새가 더는 나지 않고 말이다.

강릉, 눈의 나라

사람들은 강릉을 바닷가의 도시로 기억하지만, 사실 강릉은 눈의 도시이기도 하다. 매해 겨울 많은 눈이 내렸고, 눈이 올 때면 열심히 눈을 치우는 것이 큰일이 되기도 했다. 몇 년 전에도 꽤 큰 눈이 왔는데 나이가 많으신 부모님이 걱정되어 전화를 드렸더니, 아버지가 "눈 때문에 대문이 안 열린다"고 하셨다. 다행히 날씨가 따뜻해서 눈은 금방 녹았다고 한다.

50센티미터가 넘게 오는 눈은 분명히 폭설이지만, 사실을 말하자면 50센티미터면 강릉 시내는 크게 문제가 되는 수준은 아니다. 공무원들이 만사를 제쳐두고 눈 치우는 일에 집중하고, 바로

폭설이 와서 집 앞에 겨우 한 사람 정도 걸어갈 수 있는 작은 길을 냈다.
강릉에서는 심심찮게 벌어지는 일이다.

강릉 남대천의 제방 모습. 왼쪽에 우산을 쓴 사람의 키로 보아 적설량을
가늠해 볼 수 있다. 눈이 아직 내리고 있을 때 찍었다.

제설을 하기 때문에 큰 문제는 아니라는 말이다. 그렇긴 해도 산이 많은 영동지방에서 그 정도면 산속의 마을은 상당히 곤란을 겪곤 했다.

가장 기억에 나는 것은 초등학교 시절의 폭설이었다. 기록을 찾아보니 1978년의 폭설이었다. 12월 20일까지 강릉에는 무려 93센

텍스트 보기 원문 한글변환

경향신문 | 1978.12.20 기사(뉴스)

嶺東(영동)에 暴雪(폭설)93cm(cm)
漁船(어선)5千(천)척 묶이고 한때交通(교통)끊겨
高入試生(고입시생) 5百(백)여명試驗(시험)못봐

【江陵(강릉)·束草(속초)】 연3일째강추위가계속되는가운데江陵(강릉)을비롯한영동지방에9년만의폭설이내려20일하오현재일부산간지방의도로가 두절되고 어선5천여척이 발이 묶였으며고교입시생 5백여명이 시험을치르지 못하는등 설해를빚고있다.

대설경보가 내려진 가운데18일 하오11시부터 강원도영동해안지방에 내린 폭설은이날하오2시현재 평균 적설량 66.5cm(cm)를 기록하고있으며 江陵(강릉)지방에는 최고93cm(cm)의눈이 쌓였다.

江陵(강릉)지방의 이같은 적설량은 지난 1923년2월27일의 1백30.2cm(cm),1969년2월21일의 109.7cm(cm)에이어 9년만에 처음보는 최고의 적설량이다. 이같은 폭설로 束草(속초)시내 일부고지대와襄陽(양양)군襄陽(양양)면화일리,서면갈천리,현북면오성전리등 해안지방의 마을이 완전히고립됐으며 束草(속초)비행장도 폐쇄됐다. 또 등산을하러온 관광객2백여명이 설악동 신단지와양폭산장등에서 발이 묶여있다.

특히 이같은 폭설로 江陵束草(강릉속초) 三陟(삼척)지구의 고교입시시간을 1시간 연장했으나4개남자교 2천5백38명중 3백21명이,2개여자교 1천5백42명중 2백10명이 결시,시험을 치르지못했다.

1978년 12월 20일 자 『경향신문』 기사.
적설량 100센티미터가 넘는 이력과 함께
90센티미터가 넘는 적설량으로 고교입시를 치르지
못한 학생이 많았다고 적고 있다.

티미터의 눈이 쌓였다고 『경향신문』에 나와 있다. 9.3센티미터가 아니고 93센티미터다. 일부 집이 무너지고, 길가의 소나무가 부러지는 일은 빈번했던 것 같다.

이날은 고등학교 입학시험이 치러지는 날이었는데, 너무 많이 내린 눈으로 집이 시내나 학교 근처에 있지 않아서 대중교통을 이용해야 했던 학생들은 시험을 보지 못했다. 당시 강릉은 고등학교도 시험을 보고 들어가야 했다(서울을 포함한 전국 대부분이 시험을 보지 않고 고등학교에 입학했으나 아직 몇몇 지방은 시험을 보아야 했으며, 강릉도 그중 한 곳이었다. 시험을 보지 않고 진학하는 지역을 평준화 지역, 시험을 보고 진학하는 지역을 비평준화 지역이라고 불렀다). 영동지방에서 이른바 똑똑하다는 학생들이 강릉으로 와서 공부했기 때문에 삼척이나, 주문진, 속초 등지에서 사는 학생들도 강릉에서 입시를 치러야 했는데, 폭설로 그런 힘든 일을 겪게 된 것이다.

그 후로도 강설량은 달랐으나 폭설은 수시로 내렸고, 학생으로 그 시절을 지나온 나로서는 폭설로 인한 나쁜 기억보다는 그저 즐거운 추억이 많이 남아 있다. 뒷산에서 비닐 포대로 눈썰매를 타거나, 굴리고 굴려서 거대해진 눈사람을 만든 기억, 눈으로 벽돌을 만들어 이글루를 지은 기억도 있다.

생각해 보면 어른들을 비롯해 공무원이나 군인들은 고생을 많이 했을 것이다. 폭설이라서 눈을 치우지 않으면 길이 막힐 수준이었으니, 제설은 시급한 일이었다. 눈 온 후 시내로 걸어가다 보면 군 장병들이 모두 열심히 눈을 치우고 있던 장면이 떠오른다. 마땅히 감사한 일이다.

자전거 이야기

2022년이 넘어가는 이 시점에 자전거는 취미 활동의 하나로서 완전히 자리를 잡은 듯하다. 특히 코로나 시기를 지나오는 동안 개인 간 접촉이 적으면서 야외에서 할 수 있는 더없이 좋은 취미로 여기는 것 같다. 그래서인지 자전거 가격이, 적게는 수십만 원에서 많게는 수백만 원까지 오르내린다는 이야기를 주위에서 자주 들었다.

내가 자라던 시절에 자전거는 단순한 교통수단 그 이상은 아니었다. 아버지는 이미 출퇴근 때 자전거를 이용하셨고, 나도 아주 가끔은 아버지의 자전거를 타고 등하교를 했던 것 같다. 나의 첫 자전거 타기는 초등학교 4학년 즈음 성인용 자전거보다 조금 바퀴가 작은, 그렇지만 보조 바퀴는 없는 진짜 자전거였다. 내가 사 달라고 보챘는지, 아니면 그냥 사주셨는지는 기억이 없다. 어쨌든 당시에 그 또래에서 갖기가 쉽지는 않았을 삼광호 자전거를 선물로 받고 얼마나 좋아했는지 모른다. 아직 탈 줄도 모르던 아이가 말이다.

자전거 타기는 생각보다 쉽지 않았고, 나는 울퉁불퉁한 골목 포장길에서 넘어져 왼팔뼈에 금이 가는 사고를 당했다. 지금은 아이들이 헬멧을 쓴 채 팔목 보호대를 차고 다니는 것을 자주 본다. 지금 생각하면 너무나 당연한 모습인데, 그때는 그런 것까지 누구도 생각하지 못했다. 그렇게 다쳐가면서 배운 자전거는 고등학교 때까지 내 삶의 중요한 일부가 되었다.

중학교, 고등학교로 진학하면서 성인용 자전거를 타고 경포 같은 가까운 곳은 자전거로 갔다. 자전거는 잠깐의 일탈을 가능하게 한 중요한 방편이 되었다. 내 친구들도 마찬가지여서 소년 시절의 작은 탐험들이 그렇게 자전거로 가능했다.

자전거 종류는 그렇게 다양하지 않았다. 앞에서 말한 삼광호 자전거와 삼천리 자전거가 가장 많이 팔리던 메이커였고, 성인용 자전거로 나는 삼천리 자전거를 타고 다녔다.

또래의 자랑 경쟁이 자전거에도 나타났는데, 대표적인 것이 역시 자전거에 몇 단 몇 단 하는 기어를 다는 것이었다. 일반 자전거를 산 후 돈을 보태어 기어를 다는 경우도 흔했다. 비싼 자전거인 사이클(cycle)형 자전거를 타고 자랑하는 녀석들도 제법 있었다. 마치 승용차를 사서 자기 취향에 맞게 여러 가지 개조를 하는 것처럼 자전거에 예쁘게 테이핑을 하거나, 액세서리를 사서 장착하는 녀석들도 많았다.

자전거를 타고 등하교하는 학생들뿐 아니라 소도시 강릉에서 출퇴근용으로도 수요가 많았던 것 같다. 나도 고등학교에 다니던 어느 즈음에 기어를 달았는데, 통학할 때 오르막길이 있어서 유용하긴 했다. 기어 자전거의 단점은 잦은 고장, 특히 체인이 잘 벗겨져서 말썽을 부리는 것이었다. 타이어 펑크 등으로도 수리가 필요했기 때문에 학교 근처에 자전거포가 제법 많았고, 단골 자전거포도 있었다. 나는 자전거포에서 타이어 펑크 때우는 법을 자세히 보고 집에서 펑크를 때울 수 있었다. 아, 그러고 보니 아버지가 수리 방법을 가르쳐 주시기도 했구나.

자전거를 학교에 많이 거치하면서 생긴 문제는 자전거가 자주 분실된다는 점이었다. 따라서 자전거를 자물쇠로 잘 채우는 일이 중요했다. 나는 자물쇠를 열심히 채우고 다닌 덕분인지 자전거를 잃어버리는 일이 없었지만, 친구들 중엔 종종 있었다. 특히 가격이 더 비쌌던 사이클형 자전거는 도난이 잦았다. 자전거를 통째로 잃어버리는 것까지는 아니더라도 안장이나, 헤드라이트 같은 것들을 뜯어 가는 일이 많았다. 어느 날인가 뉴스에서 자전거 전문 털이범들이 트럭을 몰고 다니면서 자전거를 아예 통째로 실어서 가져간다는 것을 알게 되었다. 분실 문제가 자주 발생하자, 학교에서는 아예 울타리를 치고 출입문을 만들어서 하교 시간이 되어야 출입문을 여는 조치를 취하기도 했다.

그런 단점에도 불구하고, 자전거를 타는 친구들끼리 경포나 지금 커피 거리로 유명해진 안목까지 자전거로 달려가는 잠깐의 일탈은 스트레스를 날리고 해방감을 얻을 수 있는 귀한 시간이 되었다. 지금처럼 자전거 도로가 따로 있지는 않았지만, 차가 많지 않아서 가능했던 듯하다. 최근 들어 당시 거리를 찍은 뉴스 영상을 보니, 내가 기억했던 것보다는 차도 많고 교통이 상당히 위험했다는 것이 새삼 느껴졌다. 그러고 보면 자전거 사고도 의외로 많았던 것이다.

내가 다니던 고등학교는 굉장히 높은 곳에 있어서 등교하기가 아주 고역이었지만, 하교할 때는 거의 전체 하교 거리의 절반 정도를 페달을 밟지 않고 내려갈 수 있었다. 꽤 위험하다는 의미이기

강릉중학교 앞 자전거 통학 장면. 트럭이 상당히
위험해 보인다(출처: 옛날티브이, MBC강원영동).

도 했다. 한 친구는 내리막길에서 브레이크가 작동하지 않아 건물에 충돌한 일도 있었다. 나 또한 하굣길에 갑자기 불어온 강풍으로 길 오른쪽에 있던 밭으로 날려가 떨어진 기억이 있다. 만약 차가 지나가고 있었다면 분명 큰 사고로 이어졌을 것이다.

이제는 자전거 도로가 따로 있고, 등하교 시엔 부모님들이 교통정리도 해주시는 데다 신호체계도 잘 갖추어져 있다. 법은 운전자보다 보행자를 더욱 보호하도록 개선되었다. 이 모든 것이 지금처럼 되기까지 상당한 시간이 필요했음을 새삼 알게 된다.

운동화 이야기

나의 초등학교 시절은 앞에서도 이야기한 것처럼 건물이 보온도 잘 안 되었고, 함석지붕으로 된 가건물 같은 곳에서도 수업을 받았기 때문에 여름에는 너무 덥고 겨울에는 너무 추웠다. 겨울이 되면 불을 때는 주물 난로를 교실 한가운데에 두고, 난로 위로 연통이 ㄱ자로 창문에 이어지도록 설치하였다. 저학년 때는 정말 나무를 때었고, 고학년이 되었을 때는 조개탄이라는 것을 넣어 불을 땠다. 화력이 너무 세서 난로 근처는 너무 더웠지만, 단열이 되지 않는 교실의 창문 쪽은 여전히 추웠다.

도시락을 싸 온 아이들은 난로 위에 올려두고 데워서 먹기도 했다. 가끔 밥이 타기도 했는데, 화력이 상당해서 선생님들은 늘 화상에 주의하라고 하셨다. 난로 주변에 망을 둘러 사고를 예방하려고 했지만, 종종 손을 데는 아이들이 있었다.

추운 날씨에는 어떻게든 옷을 끼어 입어 추위를 면했지만, 발만은 어쩔 수가 없었다. 양말도 지금 생각하면 보온 기능이 부족한 면양말이었지만, 신발이 특히 보온이 잘 안 되었던 탓에 늘 발이 시렸던 기억이 난다. 아버지는 항상 겨울에는 양말을 두 겹으로 신으라고 하셨다. 그래도 춥긴 마찬가지였다.

나는 그나마 운동화를 신을 수 있었다. 기차표나 범표 운동화 뭐 그런 것이었다. 한 번 사면 일 년 내내 신는 운동화로 고무가 낡으면 수선을 해서 신었고, 당연히 보온은 잘 되지 않았다. 지금의 운동화처럼 몇 겹의 천으로 된 것도 아니고, 거의 고무로만 만들어져 있었기 때문이다. 그래도 나는 상황이 좋은 편이었고, 저학년 때는 아마도 절반 이상의 아이들이 거의 그냥 고무신 정도의 신을 신었던 것으로 기억한다. 발이 얼어버리는 아이도 많아서 선생님이 쉬는 시간에 돌아가면서 난로를 쬐라고 하시기도 했다.

그러다가 이른바 운동화의 메이커 시대가 시작되었다. '프로스펙스'라는 신발이 갑자기 고급 운동화로 등장했다. 1981년 11월 3일 『매일경제』 신문에는 프로스펙스 특약점을 서울 종로에 개설

한다고 되어 있다. 중학교 1학년 즈음이었다. 신발 가격은 기억나지 않지만, 아이들이 넷이나 있던 우리 집에서 이런 신발을 사서 신기는 어려운 일이었다. 한 아이에게만 사줄 수는 없으니까 사려면 모두 사거나, 아니면 모두 안 사거나 해야 했다. 어머니는 당연히 후자를 선택했다.

그렇긴 해도 아마 나나 동생이나 예쁜 운동화를 사달라고 졸랐을 것이다. 이런 사정을 신발 만드는 회사가 알아차렸는지 프로스펙스가 아니라 스펙스란 운동화가 나왔다. 가격이 프로스펙스보다 좀 쌌다. 프로스펙스는 두 개의 줄이, 스펙스는 하나의 줄이 있었다. 어머니는 여름에 이 스펙스 신발을 사주셨는데(아마도 중학교 2학년 여름이었던 듯하다), 빨간 바탕에 하얀 스펙스 마크가 있는 신발이었다. 당시에는 신발주머니를 가지고 다녔는데, 등교할 때 실내화를 신발주머니에 넣고 교실에 들어가면 신발은 교실 밖에 있던 신발장에 넣어두었다가 밖으로 나갈 때 신고 나가도록 되어 있었다.

빨간 새 운동화를 새로 신은 아이를 상상해 본다. 얼마나 기쁜 마음이었을까? 그렇게 신발장에 새 신발을 넣어 두고 수업을 받은 아이는 하교 때에 신발장에서 신발이 없어진 것을 확인하고 울음을 터뜨린다.

그 후의 일들은 기억에 나지 않는다. 어떻게 집으로 왔는지, 선생님께 알려서 누가 가져갔는지 찾아보았는지도 기억에 남아 있지 않다. 신기한 일이다. 어쨌든 한동안 비싼 신발을 산 일은 없었다. 또 잃어버릴 것을 걱정하기도 했고, 나이가 좀 더 들면서 그런 신발이 그다지 갖고 싶지 않았던 탓도 있다.

생각해 보니, 그렇게 학교에서 없어지는 것들이 많았던 것 같다. 다들 살기가 어려웠던 탓이다. 그 신발을 가져갔던 친구가 죄책감 없이 잘 신었기를 소망해 본다.

맺는 글

학업으로 서울에서 살았던 때를 제외하면 나는 대부분 '바다의 도시'에서 살았다. 강릉, 사우샘프턴, 인천.

마음이 힘들 때면 바다는 언제나 위안을 주었다. 파란색과 넓은 지평선이 주는 위로는 깊고도 넓었기에 어쩌면 나도 모르는 사이에 바다가 있는 곳을 찾아다녔던 것은 아닐까?

초고를 마치고 나니, 이런 물음에 더욱 그렇다는 확신이 생겼다. 내 기억에서 한동안 사라졌던 푸른 바다의 강릉이 다시 살아났고, 자전거 페달을 열심히 밟아 도착하던 아직 해가 뜨지 않은 어슴푸레한 해변의 아침이 다시 느껴졌다.

그 어렴풋한 느낌과 경험들이 지금의 나를 만들었을 것이며, 주변의 많은 사람의 조그마한 영향이 또한 그렇게 나를 만들었을 것이다. 그런 것들을 여기에 단 1퍼센트도 담아내지 못했음이 확실하다. 그러니 보잘것없는 기록이긴 하겠으나 맨 처음 밝혔듯이 여전히 나름의 의미는 있을 거라고 희망해 본다.

빼놓을 수 없는 또 한 가지. 새삼스럽게 아버지 어머니에게 너무나도 많은 보살핌을 받았음을 다시 확인하게 된다. 두 분이 건강하게 자리를 지켜주셨기에 (감사하게 여기는) 지금 나의 마음과 몸을 가질 수 있었다고 생각한다. 두 분을 만난 것은 우연이지만, 두 분의 노력은 우연이 아니라는 것을 잘 알고 있다. 그 감사함을 어떻게 말과 글로 다 표현할 수 있겠는가? 그저 표현하려고 노력할 뿐이다.

끝까지 읽어주신 독자에게 감사의 말씀을 드리고 싶다. 기록으로 담을 수 없어 마치 큰 의미가 없을 것 같은 앞으로의 하루하루도 결코 가치 없는 것은 아니라고 스스로 다짐해 보자고 감히 말씀드리며 이 글을 맺고자 한다.